EMILIA AXELSSON
SCHNEESTURM IM HERZEN

AF218872

EMILIA AXELSSON

Schneesturm im Herzen

IM

EINE
SCHWEDISCHE
WINTERGESCHICHTE

SCHNEESTURM IM HERZEN

1. Auflage
© 2021 Corinna Walker
Almstraße 10
95448 Bayreuth

Lektorat & Korrektorat: Elja Janus
www.elja-janus.de
Buchsatz: Francis Briese
www.franciseden.de
Umschlaggestaltung & Illustrationen: Francis Briese unter Verwendung von Bildmaterial © shutterstock (Song_about_summer, gpointstudio, Hananeko_Studio, Ljupco Smokovski)

Herstellung und Verlag: BoD – Books on Demand, Norderstedt
ISBN: 978-3-7557-0069-2

Lasst uns Lichter anzünden,
statt über die Dunkelheit zu klagen.

Yogi Bahjan

Für Axel.
Weil du mein Anker in allen
Schneestürmen bist.

Für E., F. und K.
Weil es SolRick ohne euch so nie
gegeben hätte.

Für Mama & Papa.
Weil ihr immer an mich
glaubt.

Erstes Kapitel

Heute ist der 13. Dezember, mein liebster Tag in der Vorweihnachtszeit. Das Lichterfest am Luciatag ist mir beinahe wichtiger als Weihnachten selbst. Trotzdem ist von dem Glücksgefühl, mit dem ich heute Morgen aufgewacht bin, nichts mehr übrig. Es ist verpufft, gemeinsam mit meinen Plänen für den Abend.

Magnus Lundgren, einer unserer ältesten Stammkunden, steht mit einem Stapel Bücher an der Kasse. Seine Augen glänzen, als er seine Karte zückt, um die Rechnung zu begleichen. »Lina wird so viel Freude daran haben«, sagt er und zeigt mir damit wieder einmal, warum er zu meinen Lieblingskunden zählt. Fast jedes Mal, wenn er in die Buchhandlung kommt, kauft er nur etwas für seine Frau. Die beiden sind seit über fünfundfünfzig Jahren verheiratet und er schenkt seiner Lina viel lieber ein neues Buch statt eines Blumenstraußes, wie er nicht müde wird, zu betonen. Das macht ihn in meinen Augen zu einem absoluten Traummann. Ich wünschte, Viktor würde mir ab und an ein Buch kaufen.

Mit einem Lächeln verabschiede ich mich von ihm und begleite ihn zur Tür, um sie ihm aufzuhalten. Draußen leuchten längst die Lichterkränze an den Straßenlaternen und die schneebedeckten Girlanden, die sich von Hausdach zu Hausdach spannen. Es ist kalt und riecht nach Schnee, ab und an weht eine Brise Zimtduft vom Café nebenan herüber. Aus dem Bekleidungsgeschäft, das der Buchhandlung gegenüberliegt, dudelt Weihnachtsmusik bis zu mir und ich bin froh, dass Alma nicht darauf besteht, unsere Kunden auf ähnliche Weise zu beschallen. Ich mag Weihnachtslieder, aber den ganzen Tag könnte ich das nicht ertragen. Rasch kontrolliere ich unsere eigene Lichterkette im Schaufenster, ehe ich zu Alma in das Innere des Ladens zurückkehre.

Ich liebe meine Arbeit in dem kleinen Buchladen. Sie hat mich davor bewahrt, verrückt zu werden. Als meine Mutter starb, war diese kleine Welt der Bücher mein Anker. Und Viktor. Auch ihn habe ich hier vor fast zwölf Jahren kennengelernt, als ich nach der Schule im *Bokhandel* zu arbeiten begonnen habe. Beinahe täglich kam er bei Alma und mir vorbei und wurde damit genauso zu meiner Rettungsleine wie sie und die Arbeit. Seine Besuche im Laden wurden bald zu meinem Tageshighlight, etwas, auf das ich mich wieder freuen konnte.

Ich weiß nicht, wo ich ohne die beiden heute wäre.

»Sag mal, fährst du direkt von hier zum Fest?«, fragt Alma mit dem Rücken zu mir, während sie ein paar verirrte Bücher zurück ins Regal räumt.

Wir nutzen die Momente ohne Kunden gern für einen Plausch, aber in diesem Fall ist mir nicht danach, ihre Frage zu beantworten. Nur weiß ich, dass sie ohnehin nicht lockerlassen wird.

»Gar nicht. Für mich fällt das Fest dieses Jahr aus.«

Almas Kopf ruckt zu mir herum, dass ihre kinnlangen blonden Locken für einen Moment hin und her schaukeln, und starrt mich fassungslos an. »Was? Aber du liebst den Luciatag! Was ist denn passiert?«

Statt zu antworten, rolle ich mit den Augen. Eigentlich hatte ich Alma nichts davon erzählen wollen, aber ihr kann ich einfach nichts vormachen.

»Was soll schon passiert sein? Viktor hat andere Pläne für uns.«

Alma macht ein abfälliges Geräusch und dreht sich vollständig zu mir um. Ihr herausfordernder Blick spricht Bände.

Ich seufze resigniert. »Heute Abend findet ein Geschäftsessen mit dem wichtigsten Kunden des Jahres statt. Natürlich zu Hause bei den Forsbergs, das heißt, Viktors Vater wird mit seiner Frau anwesend sein. Viktor besteht darauf, dass auch die Frau an seiner Seite – seine Worte, nicht meine – daran teilnimmt. Es muss alles so perfekt sein, dass sie noch vor Weihnachten den Deal abschließen können.«

Alma schüttelt so vehement den Kopf, dass ihre Weihnachtswichtel-Ohrringe Kettenkarussell fahren. »O Solveigh. Seit Wochen freust du dich auf diesen Tag! Das kann er nicht von dir verlangen, er weiß doch, wie wichtig dir das Luciafest mit deinem Vater und Rika ist.«

Ich zucke nur mit den Schultern und widme mich intensiv dem Postkartenständer, um Alma nicht ansehen zu müssen. Dass Viktor unfair spielt, weiß ich selbst, aber ich habe keine Lust auf endlose Diskussionen, abfällige Bemerkungen seiner Stiefmutter oder wochenlange Vorhaltungen seines

Vaters. Daher wähle ich eben den Weg des geringsten Widerstandes. Wie so oft. »Sankt Lucia kommt wieder, dieser Kunde nicht.« Meine leise Antwort sollte eigentlich mich davon überzeugen, dass meine Entscheidung richtig war. Doch auch Alma hat jedes Wort gehört.

»Was für ein Blödsinn!«

Ich muss lächeln. Sie hat noch nie viel von Viktor gehalten. Aber sie weiß, was er mir bedeutet, und belässt es meist bei spitzen Kommentaren.

»Wann musst du denn dort sein?«

»Kurz nach sieben«, antworte ich und überlege schon mal, welches Cocktailkleid ich anziehen soll.

»*Fan*!«

Ich zucke zusammen. Alma flucht nicht. Nie.

»Da bleibt dir ja kaum Zeit, nach Hause zu gehen, um dich fertig zu machen!«

Irritiert linse ich um den inzwischen perfekt sortierten Kartenständer herum. Alma fixiert mich mit Laserblick, verengt die Augen zu Schlitzen und nickt auf einmal sehr bestimmt.

»Ab nach Hause mit dir, du machst heute früher Schluss.«

»Was?« Völlig perplex stehe ich da, mehr, als Alma anzustarren, schaffe ich nicht.

»Du hast schon richtig gehört. Schnapp dir deine Sachen und mach Feierabend. Dann bleibt dir immerhin noch ein bisschen Zeit für dich allein.«

»Aber ... wir schließen erst in knapp zwei Stunden.«

Alma schnalzt mit der Zunge und marschiert ins Hinterzimmer. Mit meinem Mantel und meiner Tasche kommt

12

sie zurück, drückt mir beides in die Hand und schiebt mich vor sich her zur Ladentür. »Keine Widerrede! Die paar Kunden bis Feierabend kriege ich auch allein hin. Mir ist jetzt wichtiger, dass dein Abend nicht ganz so furchtbar wird, wie er klingt.« Sie zwinkert mir zu und nimmt mich in den Arm, ehe sie die Tür aufzieht und ich rasch in den Mantel schlüpfe. »Verwöhn dich noch ein bisschen, das hast du dir verdient.«

»Danke, Alma.« Vor lauter Freude fehlen mir die Worte und so winke ich ihr noch einmal zu und trete in den kalten Dezembernachmittag hinaus.

Zwanzig Minuten dauert der Heimweg zu Fuß. Obwohl ich den ganzen Tag auf den Beinen bin, laufe ich die Strecke nach Feierabend unglaublich gern. So kann ich noch frische Luft tanken, meine Gedanken sortieren und mich auf den Rest des Tages einstimmen.

Während ich von der Bibliotheksgatan, in der unsere Buchhandlung liegt, in die Storgatan abbiege, werfe ich einen Blick in den Winterhimmel. Die dicken Wolken versprechen noch mehr Schnee, hängen aber nicht tief genug, um sich schon ihrer kalten Ladung zu entledigen. Spätestens zu Weihnachten wird es wohl so weit sein.

Überall auf meinem Weg blinkt die festliche Beleuchtung in den Schaufenstern und verbreitet die heimelige Atmosphäre, die ich zu dieser Jahreszeit so liebe. Da es bei uns im Winter spät hell und früh dunkel wird, versuchen wir, der Düsternis mit jeder Menge Lichtern die Stirn zu bieten. Ganz besonders am heutigen Tag.

Weihnachtsmusik begleitet mich und ich freue mich auf eine entspannende Dusche und ein Stündchen ganz für mich allein. Das Dinner wird anstrengend, das weiß ich jetzt schon. Nicht zuletzt wegen Paola, Viktors aktueller Stiefmutter. Sie ist der Inbegriff einer Xanthippe und lässt mich ihre Abneigung mir gegenüber bei jeder Gelegenheit spüren. Von allen Frauen, die Viktors Vater bisher hatte, kann ich sie am wenigsten leiden.

Inzwischen habe ich das alte Herrenhaus in der Slotts-gatan erreicht, dessen Obergeschoss wir bewohnen. Ich schließe die uralte, wuchtige Holztür auf und steige die vier Treppen zu unserer Wohnung hinauf. Im schmalen Flur hänge ich meinen Mantel an die Garderobe, stelle die Handtasche neben den Schuhschrank und verstaue die Winterstiefel in dessen unterstem Fach. Auf Socken laufe ich durch den großzügigen Wohnraum. Das alte Holzgebälk unter der Decke ächzt zur Begrüßung, wie immer, wenn es draußen so kalt ist wie heute. Auf dem Weg ins Schlafzimmer durchforste ich in Gedanken schon einmal meinen Kleiderschrank nach dem passenden Outfit für den Abend. Perfekt muss es sein.

Ich lasse meine Schultern kreisen, und als ich den Kopf drehe, knackt es hörbar. Ja, so eine heiße Dusche unter dem Massagestrahl ist genau das, was ich jetzt brauche, um die Verspannungen zu lösen. Diese Zeit gehört mir ganz allein und die brauche ich auch, um mich mental und äußerlich auf den Abend vorzubereiten.

Mit den Gedanken schon halb unter der Dusche, öffne ich die Tür zum Schlafzimmer – und bleibe wie angewurzelt stehen.

Zweites Kapitel

Der Holzklotz vor mir zersplittert in kleine Fetzen, als ich das unverkennbare Röcheln des uralten Saab in der Ferne wahrnehme. Lilja.

Frustriert über die Unterbrechung im Allgemeinen und das Auftauchen meiner Schwester im Besonderen, schleudere ich die Axt auf den Spaltblock und richte mich mit einem Ächzen auf. Ich spüre, wie mir trotz der Kälte der Schweiß unter meinem Flanellhemd langsam eine Spur den Rücken hinunterzieht. Wenn ich die Entfernung richtig abschätze, bleibt mir gerade genug Zeit, einen Schluck zu trinken, ehe Lilja um die Ecke biegen wird.

Während ich die Flasche Wasser aus der Diele hole und gierig leere, fluche ich innerlich über mich selbst. Manchmal glaube ich wirklich, meine Gedanken beschwören das, was ich in dem Moment am allerwenigsten brauchen kann, geradezu herauf. Und mich meiner Schwester und ihrem Weihnachtsfimmel zu stellen, darauf war ich heute wahrlich nicht aus. Ich hätte das Haus lieber schwestern- statt schneesicher machen sollen. Kurz wäge ich ab, ob ich mich nicht lieber im Wald verstecken soll. Aber auch das würde Lilja nicht aufhalten.

Die Bremsen quietschen gequält, als sie direkt vor meiner Garage stoppt. Mit verschränkten Armen warte ich in der Tür zur *Stuga*, bis Lilja ausgestiegen ist. Ich nicke auf das Auto. »Du solltest wirklich danach schauen lassen, *Storasyster*. Das klingt jedes Mal schlimmer. Demnächst sitzt du nach einem deiner Besuche hier fest.« Meine Begrüßung ist dieselbe wie immer. Die Kiste ist so rostig, dass sie eigentlich längst auf den Schrott gehört, aber Lilja hängt beinahe so sehr daran wie ich an meiner Ruhe.

Auch ihre Antwort ist stets dieselbe, sie bleibt sie mir schuldig. Stattdessen zeigt sie nun auf den hüfthohen Stapel Holz, den ich zwischen Spaltblock und Schuppen angehäuft habe. »Du scheinst aber viel Schnee zu erwarten.«

»Das ist mein Winter-Workout. Spart mir das Fitness-Studio.«

Lilja lacht und schüttelt den Kopf. »Wie du es hier in der Einsamkeit nur aushältst, ist mir ein Rätsel. Vor allem zu dieser Jahreszeit.«

Diesmal bin ich es, der eine Antwort schuldig bleibt. Ich beobachte Lilja dabei, wie sie ihren Kofferraum öffnet und einen Korb herausnimmt. Kurz keimt Hoffnung in mir auf, dass sie den *Julskinka* dieses Jahr vergessen hat, doch genauso schnell werde ich eines Besseren belehrt. Wortlos hält sie mir den Weihnachtsschinken hin und ich nehme das Monstrum resigniert in Empfang. Kopfschüttelnd beäuge ich die gut zweieinhalb Kilo Fleisch in meinen Händen.

»Du kannst es einfach nicht lassen, oder? Gehst du Fredrik und Fria damit eigentlich auch jedes Jahr aufs Neue auf den Geist? Oder nur mir, weil ich der Jüngste von uns bin?«, frage ich, doch sie zuckt nur mit den Schultern und scheucht mich ins Haus.

Während sie ihre Stiefel abstreift, sieht sie sich wohlwollend um. »Ich freu mich jedes Mal, wenn ich sehe, wie toll du die *Stuga* hergerichtet hast. Aber sag mal, Sommerhaus kann man das ja eigentlich gar nicht mehr nennen, jetzt, wo du das ganze Jahr hier wohnst.«

Ich unterdrücke einen erneuten Seufzer und lasse die Tatsache, dass Lilja nicht einmal richtig auf meine Bemerkung zu ihrem Schinken reagiert hat, unkommentiert. »Eigentlich nicht. Aber wir haben das Häuschen nun mal schon immer so genannt, deshalb wird es für mich auch weiterhin die *Stuga* bleiben. Wenn ich schon so viel verändert habe, will ich wenigstens den Namen behalten.«

Lilja nickt, als wüsste sie genau, was ich meine, und folgt mir in die Küche, wo ich ihren Schinken neben der Spüle ablege. Später, wenn sie zurück nach Kalmar gefahren ist, werde ich ihn in die Tiefkühltruhe im Schuppen bringen. Dort liegen schon die der letzten drei Jahre, die ich nie auch nur angerührt habe.

»Welche Ausrede hast du dieses Jahr, um nicht mit uns Weihnachten zu feiern, *Lillebror*? Eine Frau kann es nicht sein, hier ist keine Spur von weiblicher Gesellschaft. Die Arbeit an der *Stuga* zählt auch nicht, denn wie ich sehe, bist du damit fertig. Also?«

Lilja stemmt die Hände in die Hüften und legt den Kopf schief. Genau so hat Mamma immer ausgesehen, wenn sie uns dazu bringen wollte, die Wahrheit zu sagen. Meistens, wenn wir etwas angestellt hatten. So wie meine große Schwester nun dasteht, die mausbraunen Haare zu einem losen Zopf gebunden, der ihr vorn über die Schulter hängt, mit den blauen Augen, die mich herausfordernd anblitzen, sieht sie unserer Mutter so ähnlich, dass ich mich für einen kurzen Moment wieder wie mit dreizehn fühle, als ich ihr bestes Tischtuch als Zeltplane missbraucht hatte. Obwohl es nicht nur eine schöne Erinnerung ist, sondern auch eine der letzten, die ich an sie habe, verdränge ich sie wie so oft. Zu dieser Jahreszeit tut es einfach zu weh.

Ich wende mich ab, ehe der aufkeimende Schmerz mich überwältigen kann. Lilja besitzt die Fähigkeit, in mir zu lesen wie in einem Buch, und auf ihre Reaktion habe ich noch weniger Lust als darauf, mir ihre alljährliche Einladung anzuhören.

»Ach, Yorick. Weihnachten ist doch das Fest der Liebe und der Familie. Willst du nicht wenigstens dieses Jahr über deinen Schatten springen und mit zu uns kommen? Die Kinder würden sich freuen.«

Sanft legt sie mir die Hand auf die Schulter und ich lege meine darüber, drücke sie kurz, ehe ich mich zu ihr umwende und den Kopf schüttle.

»Meine Antwort bleibt dennoch die gleiche, Lilja. Ich werde nicht kommen, auch wenn du mich noch so oft darum bittest. Vielleicht esse ich dieses Jahr den Schinken, aber mach dir da auch mal keine allzu großen Hoffnungen.«

Nun ist es an meiner Schwester, den Kopf zu schütteln.

»*Lillebror*, nach fast zwanzig Jahren solltest du doch über all das hinweg sein, meinst du nicht?« Ihre Stimme ist ruhig, dennoch kann ich die stumme Missbilligung heraushören. Meine Geschwister haben nie verstanden, warum ich mich zu dieser Jahreszeit von allen abkapsele. Trotz all meiner Erklärungsversuche.

Ich trete einen Schritt von ihr fort und starre aus dem Fenster. *Achtzehn*, denke ich. *Es ist achtzehn Jahre her und ich vermisse sie immer noch.* »Ohne Mamma war es nie mehr so wie früher. Für mich ist Weihnachten einfach untrennbar mit ihr verbunden und mir ist nicht nach großen Feiern und danach, Fröhlichkeit vorzutäuschen, wenn ich lieber vor mich hinbrüte.« Entschuldigend ringe ich die Hände und drehe mich wieder zu Lilja um. »Versteh mich nicht falsch, ich liebe dich und deine Familie. Ich komme jederzeit, zu *Midsommar* oder auch zum *Kräftskiva*. Aber an Weihnachten bin ich einfach lieber für mich.«

Lilja seufzt so tief, dass ich beinahe ein schlechtes Gewissen kriege. Aber nur beinahe.

»Wenigstens habe ich es versucht. Ich hab noch ein paar Kleinigkeiten im Auto, hilfst du mir beim Reintragen? Dann muss ich auch schon wieder los, Melker hat heute Abend noch einen Termin und ich habe versprochen, rechtzeitig zurück zu sein.«

Ehe sie die Küche verlassen kann, nehme ich sie fest in den Arm, wie sie es früher mit mir getan hat, als sie noch die Größere von uns beiden war. Ich lege mein Kinn auf ihrem Kopf ab und schließe für einen Moment die Augen. Spüre der Verbindung nach, die wir zueinander haben, und dränge alle negativen Gefühle in den Hintergrund. Gebe ihr so zu verstehen, dass ich sie liebe, egal wie abweisend ich manchmal bin. Lilja erwidert meine Umarmung und ich weiß, dass sie mir auch diesmal meine Ruhe an den Feiertagen lassen wird.

»Ich helfe dir«, sage ich und löse mich mit einem dankbaren Lächeln von ihr. »Und dann muss ich noch einmal kurz nach Älghult. Ein paar Sachen sollte ich noch bei Emma besorgen.«

Lachend schüttelt Lilja den Kopf. »Ich werde nie verstehen, wie man es freiwillig hier draußen in der Wildnis aushalten kann. Aber zu dir passt es, *Lillebror*.«

Zwanzig Minuten später winke ich Liljas röchelndem Auto hinterher, ehe ich meinen eigenen Wagen aus der Garage manövriere und in die entgegengesetzte Richtung davonfahre.

Über eine halbe Stunde brauche ich, bis ich endlich in dem kleinen Städtchen angekommen bin, das meinem Zuhause am nächsten liegt. Während ich parke, grüße ich bereits drei vorbeihastende Leute, und bis ich Emmas Lebensmittelladen erreicht habe, weiß ich nicht mehr, wie oft ich »*Hejhej*« gerufen habe. Die Stadt ist so klein, dass beinahe jeder jeden kennt, und ich bin da keine Ausnahme.

In Emmas Laden packe ich Kartoffeln, Äpfel und ein paar gekühlte Lebensmittel in meinen Einkaufskorb. Zwar brauche ich wirklich noch das ein oder andere, um im Fall der Fälle versorgt zu sein, aber ein bisschen ist es auch ein Vorwand, um vor den Feiertagen noch mal nach ihr zu sehen. Ich kann mir denken, dass sie an Weihnachten allein sein wird, wie immer. Dennoch hoffe ich auch dieses Mal, dass sie mich eines Besseren belehrt. So sehr ich an den Feiertagen die Einsamkeit schätze, so sehr leidet Emma darunter, von ihrem einzigen Kind versetzt zu werden. Noch dazu ist sie beinahe siebzig und seit einigen Jahren verwitwet.

Als ich meine Einkäufe vor ihr auf die alte Holztheke lege, lächelt sie mich warm an. »*Hej*, Yorick, schön, dich zu sehen. Wie geht es dir?«

»Danke, gut. Wie immer, Emma.«

Während sie meine Sachen in ihre Registrierkasse tippt, die mindestens so alt ist wie ihr Laden, erzähle ich ihr, wie es mir seit meinem letzten Besuch ergangen ist.

Sie hört mir aufmerksam zu, nickt an den richtigen Stellen und liest zwischen den Zeilen. Das macht sie schon, seit ich das erste Mal bei ihr eingekauft habe, vor vielen Jahren. Zusammen mit meinem Vater, im Sommerurlaub. Damals stand noch ihr eigener Vater an der Kasse, aber Emma half im Laden und wusste bei jedem Kunden, der hereinkam, auf Anhieb, was gebraucht wurde. Inzwischen ist ihr einst braunes Haar ergraut und unzählige Lachfältchen fächern sich um ihre Augen.

»Kann ich sonst noch was für dich tun?« Emmas Lächeln wird eine Spur breiter, als ich auf ein Brot hinter ihr deute und um ein Glas Honig aus ihrer eigenen Imkerei bitte. Sie addiert alles zusammen, nennt mir die Endsumme und lehnt wie immer ab, als ich aufrunden will. Sorgfältig packt sie meine Einkäufe in meine mitgebrachte Papiertüte und reicht mir alles über den Tresen.

»Dann hoffe ich, dass dein Weihnachten genau so wird, wie du es dir wünschst.« Die Tatsache, dass sie ihren Abschiedsgruß so formuliert, zeigt mir wieder einmal, wie gut sie mich inzwischen kennt.

Ich lächle ihr zu, gehe zur Tür und halte dann doch inne. Zögerlich wende ich mich ihr noch einmal zu. Die Frage, die mich eigentlich interessiert, habe ich mir bis zum Schluss aufgehoben.

»*God Jul*, Emma. Kommt Bengt über die Feiertage nach Hause?«

Emmas Lächeln gefriert und ihre Augen glänzen nun anders als sonst. Sie atmet tief ein und ich merke, wie sie gegen das Zittern in ihrer Stimme ankämpft, das ich trotz allem hören kann. »Ach, weißt du, ich glaube nicht. Er hat eine neue Freundin gefunden und mir geschrieben, dass sie wohl in Stockholm bleiben werden. Die Gefahr, dass sie hier nicht mehr wegkommen nach Heiligabend, ist einfach zu groß, meint er.«

Wortlos stelle ich meine Tüte ab, gehe um den Tresen herum und umarme Emma fest. Innerlich belege ich Bengt Torvaldsson mit allen Schimpfwörtern, die mir spontan einfallen. Wie er seine Mutter hier allein lassen kann, besonders an Weihnachten, ist mir ein Rätsel.

»Wenn du etwas brauchst, lass es mich wissen«, sage ich leise, als ich mich von ihr löse.

Dieses Mal erreicht ihr Lächeln ihre Augen und sie tätschelt meine Wange. »Du bist ein guter Junge, Yorick. Aber ich komme zurecht. Ich habe wunderbare Nachbarn und Freunde hier, ich bin nicht allein und Bengt wird schon irgendwann auftauchen.«

Nicht eine Sekunde glaube ich ihr, lasse es aber dabei bewenden. Ich drücke sie noch einmal fest an mich und verabschiede mich mit einem Winken bis nach den Feiertagen.

Drittes Kapitel

»Viktor …«

Für ein, zwei Schläge setzt mein Herz aus, als ich die ineinander verknäulten Gliedmaßen erblicke, die sich stöhnend und keuchend auf unserem Bett wälzen. Dann fängt es wie wild an, gegen meine Rippen zu hämmern, und mir bleibt die Luft weg. Denn Viktor ist so mit sich und der Frau unter ihm beschäftigt, dass er mich nicht einmal bemerkt. Es ist wie bei einem schrecklichen Autounfall: Entsetzten macht sich in mir breit, aber ich kann einfach nicht wegsehen.

Als die langbeinige Brünette unter Viktor seinen Namen seufzt, wird mir schlagartig bewusst, mit wem sich mein Freund da gerade vergnügt. Die Erkenntnis trifft mich direkt in die Magengrube und ich kann ein Würgen nicht unterdrücken. Das Geräusch scheint durch Viktors Sex-benebelten Verstand zu dringen, denn er hält mitten im Stoß inne und dreht sich zu mir um. Er zischt einen Fluch und klettert von der Frau unter ihm herunter. Wie ich seinen Gesichtsausdruck dabei deuten soll, weiß ich nicht. Widerwillen? Frust, weil er vor dem Höhepunkt ertappt wurde?

Es ist mir auch absolut egal, was er gerade empfindet, ich bin viel zu sehr damit beschäftigt, mich nicht auf seinen teuren Teppich zu übergeben.

Ätzende Magensäure brennt mir im Hals, mein Herz rast, in dem vergeblichen Versuch, zu meinem Verstand aufzuschließen. Alles, woran ich geglaubt habe, alles, was Viktor für mich bedeutet, zerbirst in einem einzigen Moment zu einem Haufen Scherben.

Wortlos drehe ich mich um und fliehe zurück in den Flur. Ich muss hier raus. Keine Sekunde länger bleibe ich in dieser Wohnung, in der mein gesamtes Leben gerade in winzige Einzelteile zerbrochen ist. Ich schlucke, hindere meine Tränen krampfhaft daran, sich einen Weg nach oben zu bahnen.

Viktor flucht erneut hinter mir und ich höre die Schlafzimmertür zuknallen.

»Solveigh, warte!«

Wenn er jetzt sagt *Es ist nicht das, wonach es aussieht,* vergesse ich mich.

Ohne auf ihn zu reagieren, zerre ich meine Stiefel aus dem Schuhschrank und ziehe sie in Windeseile an, schnappe mir meine Handtasche und bin aus der Wohnung gelaufen, ehe Viktor sich splitterfasernackt an meine Fersen heften kann.

Ich höre ihn meinen Namen rufen, höre, wie er mich auffordert, zurückzukommen. Ich denke nicht daran. Erst als ich das Grundstück unserer Nachbarn passiert habe, merke ich, dass ich weder Schal noch Mantel dabeihabe. Alles, was mich vor den winterlichen Temperaturen schützt, sind meine Stiefel und die Klamotten, die ich seit heute früh trage.

Einfach großartig.

Ein Schluchzen bahnt sich seinen Weg hinauf, ich kriege kaum Luft. Mein Innerstes fühlt sich an, als hätte man mich in Flammen gesetzt.

Wie konnte er, in unserem Bett, mit seiner …

Ich weigere mich, weiter darüber nachzudenken, mit wem er sich da gerade vergnügt hat, wer ihm im Bett lieber war als ich. Trotzdem schiebt sich der Anblick der beiden wieder und wieder vor mein inneres Auge. Ein weiteres Mal muss ich würgen und spucke Galle auf den Gehsteig zu meinen Füßen. Da ich heute noch nicht viel gegessen habe, krampft mein Magen sich umsonst zusammen.

»Solveigh, Baby! Bleib hier! Lass mich das erklären!«

Ich fahre herum. Viktor steht, nur mit einer Stoffhose und einem offenen Hemd bekleidet, auf dem Gehweg. Fassungslos starre ich ihn an, schüttle den Kopf und kann die Tränen nicht länger zurückhalten, die sich in meinen Augen sammeln. Ich stolpere rückwärts, wirble herum und laufe blindlings die Straße entlang. Viktors Rufe verfolgen mich, schneiden mir in die Seele und ich kämpfe verzweifelt darum, nicht auf offener Straße zusammenzubrechen.

Erst als ich die Weihnachtsbeleuchtung über meinem Kopf wahrnehme, erkenne ich, wohin mich meine Beine ganz automatisch getragen haben. In Almas *Bokhandel* brennt noch Licht, doch als ich versuche, die Eingangstür aufzuziehen, versagen mir meine steifgefrorenen Finger den Dienst. Erst beim dritten Anlauf schaffe ich es, die Tür so weit zu öffnen, dass ich mich ins Warme drängen kann.

Alma kassiert gerade eine Kundin ab, als ich in ihr Blickfeld wanke.

»Solveigh! Um Himmels willen!«

Eilig begleitet sie die junge Frau zur Tür, zieht den Schlüssel aus ihrer Tasche und sperrt den Laden zu, ehe sie nach meinen Händen greift.

»*Gumman*, du bist ja eiskalt! Wieso läufst du ohne Mantel draußen rum? Und warum bist du schon wieder hier? Was ist denn nur passiert?«

Besorgt mustert sie mich, während sie mich langsam zum Seitenausgang steuert, der direkt in ihren Hausflur führt. Sie stützt mich auf dem Weg die schmale Treppe hinauf zu ihrer Wohnung und bombardiert mich weiter mit allen möglichen Fragen, von denen keine einzige zu meinem Verstand durchdringt.

Ich schlottere so vor Kälte und Erschütterung, dass ich keinen zusammenhängenden Satz herausbringe. Erst als Alma mich auf den Boden vor die bullernde Heizung setzt, mir eine wärmende Decke um die Schultern legt und mir einen Becher mit heißem Kaffee in die klammen Finger drückt, fange ich an, zu reden.

»Alma … Ich …« Stockend atme ich ein und blinzle ein paarmal. »Erinnerst du dich, dass ich mal den Verdacht hatte, Viktor würde fremdgehen?« Unfähig weiterzusprechen, starre ich in meinen Kaffee, kann aber aus dem Augenwinkel erkennen, wie Alma zögerlich nickt. Sie weiß nicht nur, wovon ich rede, sondern auch, dass ich Viktor tatsächlich einmal auf meine Vermutung angesprochen habe. Und sie weiß auch, dass er damals steif und fest behauptet hat, ich würde Gespenster sehen.

Zwischen Almas Brauen bildet sich eine steile Falte. »Es stimmt doch, oder? Er geht dir fremd?«, fragt sie und zeigt mir wieder einmal, warum wir so gut befreundet sind.

Mit einem Nicken schlucke ich die Tränen hinunter, die in meinen Augenwinkeln nur darauf warten, zu kullern.

»Ich war mit den Gedanken schon unter der Dusche, als ich ins Schlafzimmer kam. Aber was ich dort gesehen habe …«

Wieder kommt mir die Galle hoch und ich trinke hastig einen Schluck Kaffee. Mein Blick sucht Almas und hält ihm stand, als ich ihr den Rest erzähle. »Er hat mit Paola gevö… geschlafen. In unserem Bett. Am helllichten Tag.«

Alma fällt der Kaffeelöffel aus der Hand, mit dem sie gerade den Zucker in ihrer Tasse verrühren wollte. »Bitte, was?«

Zornig nicke ich. »Du hast richtig gehört. Er hat sich mit seiner eigenen Stiefmutter in unserem Bett gewälzt!«

Almas entgeisterter Blick hilft mir, nicht die Fassung zu verlieren. Sie lässt eine saftige Schimpftirade auf Viktor los, bei der Wörter fallen, die ich noch nie aus ihrem Mund gehört habe. Aber das ist jetzt genau das Richtige.

Jeder andere hätte mir Mitleid entgegengebracht, mich getröstet oder mir versichert, dass alles nicht so schlimm sei. Aber nicht Alma. Sie schimpft auf Viktor, ehe sie mich einmal liebevoll in den Arm nimmt, um mir zu sagen, dass sie für mich da ist. Immer und jederzeit.

»Das Schlimmste ist, dass er nicht mal Reue gezeigt hat, weißt du? Er sah eher frustriert aus, dass ich die beiden erwischt habe«, rufe ich mir Viktors Reaktion ins Gedächtnis. »Er hat zwar versucht, mich aufzuhalten, aber …«

Im selben Moment klingelt es an Almas Haustür und mein Instinkt sagt mir, dass Viktor unten steht. Alma scheint dieselbe Vermutung zu haben, denn sie sieht mich fragend an. Ich schüttle den Kopf. Ich kann und will mich jetzt nicht mit ihm auseinandersetzen.

Alma öffnet das Fenster und ruft hinunter: »Verschwinde, Viktor! Sie will dich nicht sehen.«

»Das glaube ich erst, wenn sie es mir selbst gesagt hat. Baby! Komm runter, komm nach Hause. Ich erkläre dir alles.«

Einem Impuls folgend rapple ich mich auf, lehne mich aus dem Fenster und gieße den Rest meines Kaffees auf Viktor hinunter. »Nein!«

Ehe ich das Fenster wieder schließe, wirft Viktor mir einen fassungslosen Blick zu. Die Flüche, mit denen er daraufhin um sich wirft, werden vom Glas gedämpft. Ich setze mich wieder vor die Heizung und ignoriere Viktors Brüllen, sein erneutes Klingeln und seine Aufforderungen, runterzukommen.

Alma reicht mir ein Glas Wein und setzt sich zu mir auf den Boden. Viktors Stimme ist immer noch zu hören, doch als einer der Nachbarn nach Ruhe brüllt, verstummt er.

»Ihr wart eine Zeit lang meine ganze Welt, Viktor und du«, sage ich leise und drehe mein Glas zwischen den Fingern hin und her. »Pappa war zu gefangen in seiner eigenen Trauer, um mich trösten zu können. Es gab Tage, da war er so tief darin versunken, dass ich geglaubt habe, ihn auch noch zu verlieren. Und meinem Bruder sind wir schon lange egal, Filip kommt nur dann, wenn er irgendetwas von uns will.«

Alma sagt nichts, sie hört mir nur schweigend zu. Und je ruhiger ich werde, desto mehr spüre ich auch, wie meine Wut langsam von einem anderen Gefühl abgelöst wird. Eines, das ich lange tief in mir verschlossen habe. Traurigkeit.

»Viktor war mein Fels, mein Halt, meine Ablenkung von meiner Trauer. Die Arbeit bei dir und seine Aufmerksamkeit waren mein Rettungsanker. Das Loch, in das ich gefallen bin, als Mamma gestorben ist ... Ohne euch wäre ich niemals wieder daraus hervorgekommen. Damals hätte ich nicht geglaubt, dass ich Viktor eines Tages nicht gut genug sein könnte. Als ich ihn später auf meinen Verdacht angesprochen habe, habe ich gehofft, er würde es dementieren. So konnte ich alles ignorieren, denn die Alternative wäre gewesen, ihn zu verlieren. Und das hätte ich nicht überstanden. Nicht, nachdem ich Mamma gerade erst verloren hatte.«

Diesmal lasse ich meinen Tränen freien Lauf. Ich bin verletzt, entsetzt und fühle mich so betrogen wie noch nie in meinem Leben. Alma zieht mich in ihre Arme. Erschöpft lasse ich den Kopf auf ihre Schulter sinken und weine leise vor mich hin, eine ganze Weile lang spricht keine von uns ein Wort. Erst als ich mich beruhigt habe, nimmt Alma einen Schluck Wein und sieht mich an.

»Ich erinnere mich daran, als er das erste Mal im Laden stand. Er hat kein einziges Buch angeschaut, nur dich. Von da an kam er beinahe jeden Tag, so lange, bis du mit ihm ausgegangen bist.«

Trotz allem muss ich bei der Erinnerung lächeln. Ich tue es Alma nach und trinke aus meinem Glas. Den Kopf nun an die Wand gelehnt, denke ich an unsere Anfänge zurück. »Was war ich geschmeichelt, als mich dieser kultivierte und äußerst begehrte Junggeselle ausgeführt hat. Bis heute weiß ich nicht, was er an mir findet. Offensichtlich ja nicht mehr viel, wenn man bedenkt, in was ich da vorhin hineingestolpert bin.« Der samtige Wein in meinem Mund schmeckt auf einmal sauer. Wut formt einen Klumpen in meinem Bauch, mischt sich dort mit der Erkenntnis, dass ich Viktor womöglich nie gereicht habe. In meinem Herzen klafft ein schwarzes Loch, verursacht durch ein Gefühl, von dem ich geglaubt hatte, es nie wieder fühlen zu müssen, und das sich mit der Traurigkeit in mir vermischt. Verlust.

Alma legt eine Hand auf meinen Arm und schüttelt leicht den Kopf. »Ich glaube, dass er dich auf seine eigene Art liebt, sonst hätte eure Beziehung nicht so lange gehalten.«

Ich zucke mit den Schultern. »Weißt du, was am allermeisten an mir nagt? Dass ich nicht weiß, was ihm gefehlt hat. Warum er mich überhaupt betrügen musste, ganz zu schweigen davon, dass er es ausgerechnet mit Paola tun musste. Warum ich ihm nicht genug bin.«

Alma lässt ein verächtliches Schnauben hören. »Wenn du das herausfindest, lass es mich wissen. Was willst du denn jetzt tun?«

»Eigentlich wollte ich zu Pappa und Rika auf den Hof fahren, aber ich fürchte, dass ich heute Abend kein Taxi mehr bekomme.«

Alma steht auf, geht aus dem Zimmer und kehrt wenige Augenblicke später mit einer Wolldecke und einem Kissen zurück.

»Du schläfst heute Nacht hier und morgen früh fahre ich dich.«

Bei ihren Worten fällt mir ein Stein vom Herzen. Ich weiß nicht, ob ich es überstanden hätte, die ganze Geschichte heute noch mal zu erzählen. Mit einem großen Schluck leere ich mein Weinglas und seufze leise. »Danke, Alma. Was würde ich nur ohne dich tun?«

Plötzlich schießt mir ein Gedanke durch den Kopf, der mich erschaudern lässt. Als Alma mich fragend ansieht, verziehe ich angeekelt das Gesicht. »Ich muss morgen aber erst zum Arzt. Wer weiß, wo Viktor noch überall war und was er mir an Krankheiten angehängt hat.«

Alma nickt mir zu. »Dann rufst du morgen als Erstes bei Dr. Malmström an. Anschließend bringe ich dich nach Hause.«

»Danke, Alma.«

Eine Weile bleiben wir noch sitzen, reden über belanglose Dinge. Die Ablenkung tut mir gut. Wir reden, bis der Wein ausgetrunken ist, dann verabschiedet sich Alma für die Nacht. Ich kuschle mich unter die Wolldecke und verdränge alle Gedanken an Viktor, in der Hoffnung, wenigstens ein paar Stunden schlafen zu können.

Nach meinem Arzttermin sitze ich in Almas Wagen und starre in die vorbeiziehende verschneite Natur hinaus.

Je näher wir Pappas Hof kommen, desto tiefer hülle ich mich in die tröstende Wärme meines Schals, den Alma zusammen mit meiner Jacke und ein paar Klamotten aus der Wohnung geholt hat, während ich bei Dr. Malmström war. Seit Wochen war ich nicht zu Hause und eigentlich freue ich mich darauf, Pappa und Rika endlich wiederzusehen. Wenn nur die Umstände andere wären.

Auf unserem Hof parkt Alma neben Pappas altem Pickup und stellt den Motor ab, ehe sie sich zu mir dreht.

»Versprich mir, dass du dir ein paar Tage Zeit für dich nimmst, ehe du wieder im Laden auftauchst.«

Ich nicke, obwohl ich am liebsten gleich morgen wieder arbeiten würde. Es würde mich ablenken, da bin ich mir sicher. Doch Alma hat mir ein paar Tage Urlaub verordnet, um mich zu sammeln und das Chaos in meinem Innern zu ordnen.

»Danke für alles, Alma. Ohne dich hätte ich gestern nicht weitergewusst.« Ich lehne mich zu ihr hinüber und umarme sie.

Sie erwidert meine Umarmung, murmelt etwas von selbstverständlich und jederzeit an meiner Schulter und scheucht mich dann aus dem Wagen.

Winkend verabschiede ich mich von ihr, ehe ich die Stufen zur hinteren Veranda hochsteige und mir den Schnee von den Stiefeln klopfe. Die Tür knarrt, als Pappa heraustritt und mich überrascht anblickt.

»Solveigh?«

Beim vertrauten Klang seiner Stimme bildet sich ein dicker Kloß in meinem Hals, der auch nach mehrmaligem Schlucken nicht verschwindet. Der Schmerz über Viktors Verrat, den ich den ganzen Morgen über erfolgreich zurückgedrängt habe, bahnt sich einen Weg nach oben, treibt mir die Tränen in die Augen. Ich ringe nach Luft und um Fassung, trotzdem kann ich das Schluchzen nicht unterdrücken, das sich in meiner Kehle festgesetzt hat.

Mit zwei Schritten ist Pappa bei mir, zieht mich in seine bärenstarke Umarmung, hüllt mich ein in den vertrauten Duft nach Zuhause und Geborgenheit. Unfähig, ein Wort zu sagen, brechen meine inneren Dämme und ich weine, bis sein Shirt nass ist und ich vor Kälte und emotionaler Erschöpfung erschaudere.

Pappa hebt mich mühelos hoch und trägt mich ins Warme, so als wäre ich wieder sein kleines Mädchen, das sich beim Spielen das Knie aufgeschlagen hat. In der Küche setzt er mich behutsam auf dem *Köksoffa* ab und streicht mir sanft übers Haar.

Rika, die gute Seele des Hauses und Pappas bessere Hälfte, reicht mir eine Tasse mit dampfendem Kaffee, ehe sie sich zu uns an den Tisch setzt. Ihre Hand streicht sanft über meinem Arm, während ich mich an die Tasse klammere, um mich zu wärmen.

»Was hat er getan?«, fragt Pappa ganz ruhig und mir entkommt ein Geräusch, das einem schluchzenden Lachen ähnelt. Pappa weiß genau, dass nur eine Person mich dermaßen aus der Fassung bringen kann.

Stockend erzähle ich ihnen, was passiert ist. Pappa sieht aus, als würde er am liebsten sofort zu Viktor fahren und ihn wissen lassen, was er von alledem hält. Rika scheint das Gleiche in seinem wütenden Blick zu erkennen, denn sie schüttelt nur den Kopf, woraufhin Pappas Gesichtszüge etwas weicher werden.

Wieder streicht er mir sanft über den Kopf, eine Geste, die mich schon als Kind stets beruhigen konnte. Gerade als er ansetzt, etwas zu sagen, höre ich ein Auto auf den Hof fahren. Viktors Wagen hat einen unverkennbaren Klang.

Mein Magen sackt mir in die Kniekehlen und ich reibe mir über die Augen, um die Tränenspuren wegzuwischen. Ich will nicht, dass er mich als das Häufchen Elend vorfindet, das ich in diesem Moment bin.

Pappa steht schon an der Tür, als ich mich aufrappele und ihn zurückhalte.

»Das muss ich allein machen, Pappa«, sage ich und lege ihm die Hand auf die Brust.

Zweifelnd sieht er mich an, gibt dann aber mit einem Grummeln nach. »Ich bin genau hier, wenn du mich brauchst«, brummt er und ich nicke.

Als ich auf die Veranda trete und dabei die Küchentür hinter mir zuziehe, trennen Viktor und mich nur wenige Meter. Der Blick aus seinen eisblauen Augen raubt mir kurz die Luft zum Atmen. So wie er vor mir steht, das dunkelblonde Haar perfekt frisiert, den Bart rund um seine Lippen akribisch getrimmt, die Hände locker in der schicken Bügelfaltenhose vergraben, ist es kein Wunder, dass er reihenweise Frauenherzen erobert. Oder andere Körperteile. In meiner Brust krallen sich die eisigen Finger noch brutaler in mein Herz, das sie seit gestern umschließen.

Dann atme ich tief ein, wappne mich innerlich und klammere mich an das neue Gefühl, das langsam, aber stetig alle anderen verdrängt. Wut ist eine kraftvolle Verbündete und ich nähre sie, verschränke die Arme vor der Brust wie einen Schutzschild. Nur so kann ich ihm entgegentreten, ohne zusammenzubrechen.

»Was willst du hier, Viktor?« Erleichtert stelle ich fest, dass meine Stimme nicht zittert. Sie klingt um einiges emotionsloser, als ich mich fühle.

»Solveigh, Baby! Wie kannst du das fragen? Ich will dich mit nach Hause nehmen, dir alles erklären. Das mit Paola, das war ganz anders, als du denkst. Ich glaube, du hast das missverstanden!«

Ist das sein verdammter Ernst? Ätzende Magensäure steigt in meinem Hals auf und zerfrisst ein großes Stück Zuneigung, die es gebraucht hätte, um mich nicht vollkommen vor ihm zu verschließen.

»Nenn mich nicht Baby, Viktor! Und verkauf mich nicht für dumm! Du hast bis zum Anschlag in deiner Stiefmutter gesteckt! Was soll man daran bitte falsch verstehen können?«

Jetzt muss ich wirklich an mich halten, um nicht auf ihn loszugehen und ihm sein ach so perfektes Gesicht zu zerkratzen.

Viktor macht einen Schritt auf mich zu, zieht die Hände aus den Taschen und legt seinen Kopf schief. Den Ausdruck, der sich auf seinem Gesicht ausbreitet, kenne ich nur zu gut. Er nutzt ihn immer dann, wenn er etwas unbedingt haben will. Wie mich, zum Beispiel.

»Solveigh, mein Engel. Bitte, komm mit mir nach Hause und ich erkläre dir alles ganz in Ruhe. Nur du und ich.«

Bei seinen Worten sträubt sich alles in mir dagegen, es auch nur in Betracht zu ziehen. Er ist mir inzwischen so nahe, dass ich sein Aftershave riechen kann. Abwehrend hebe ich die Hände, als er noch weiter auf mich zukommt.

»Nein, Viktor. Ich komme nicht mit dir nach Hause. Ich brauche Zeit, um das alles zu verarbeiten. Aber sag mir eins: Hatte ich damals schon recht, als ich dachte, du betrügst mich?«

Abrupt bleibt er stehen und in seinen Augen blitzt Schuldbewusstsein auf. Nur für einen winzigen Moment, aber es entgeht mir nicht. Dieses unfreiwillige Eingeständnis seiner Untreue, die er tatsächlich schon um einiges länger praktiziert, als ich mir eingestehen wollte, bricht mir noch einmal das Herz.

Langsam gehe ich rückwärts, weg von ihm, weg von allem, was er bis zu diesem Moment für mich bedeutet hat. Wie ich ihm das alles jemals verzeihen soll, weiß ich nicht. Ob ich es überhaupt kann. Aber noch eine andere Frage nagt an mir, drängt sich immer wieder in den Vordergrund.

»Warum?«

Das Wort entkommt mir nur als ein Flüstern, doch es ist die einzige Frage, die ich hier und jetzt wirklich beantwortet haben muss. Aber ein Blick auf Viktor genügt mir, um zu wissen, dass ich darauf keine Antwort erhalten werde. Nicht jetzt und vermutlich niemals.

Ich kratze all meine Verachtung für den Mann zusammen, der vor mir steht und der nichts mehr mit dem gemeinsam hat, in den ich mich verliebt habe. »Verschwinde, Viktor! Fahr nach Hause. Ich bin sicher, Paola wärmt dein Bett schon längst vor.«

Damit lasse ich ihn stehen, schlüpfe, ohne mich noch einmal umzudrehen, durch die Tür ins Warme. Lauschend lasse ich mich gegen sie sinken, wage kaum, zu atmen. Erst als ich Viktors Wagen vom Hof fahren höre, löst sich die Anspannung, die mich bis hierhin aufrecht gehalten hat, in meinem Innern.

Schluchzend rutsche ich an der Tür hinab auf den Boden und vergrabe mein Gesicht in den Händen. Weine um eine verlorene Liebe, weine über meine Blindheit, weine aus Zorn. Erst als Rika mich behutsam in ihre Arme zieht und ich mich an sie klammere, lässt der Druck in meiner Brust langsam nach. Bis ich wieder freier atmen kann.

Viertes Kapitel

Gedankenverloren starre ich in den verschneiten Garten hinaus, während meine Hände unablässig Teig kneten. Die dritte fast schlaflose Nacht liegt hinter mir und ich spüre die Auswirkungen bis in die Knochen. Zur Ablenkung backe ich Zimtschnecken als Überraschung für Pappa und Rika. Die beiden sind zum Wocheneinkauf in die Stadt gefahren, und wenn sie nachher zurückkommen, werden frische *Kanelbullar* auf sie warten.

Seit ich ihn vor drei Tagen weggeschickt habe, versucht Viktor immer wieder, mich zu erreichen. Inzwischen beachte ich das Handy gar nicht mehr. Meine Gedanken kreisen so schon ständig um ihn und die Bilder, die sich in mein Gedächtnis gebrannt haben. Ich will nur, dass er mich in Ruhe lässt. Aber gleichzeitig fühle ich mich so allein wie schon seit Jahren nicht. Seit Mammas Tod.

Meine Hände verrichten die Arbeit automatisch und so lasse ich meine Gedanken schweifen, unterdrücke aber den Impuls, mir zum hundertsten Mal die Frage zu stellen, was Viktor in unserer Beziehung gefehlt hat. Ich werde sie nicht beantworten können. Und doch muss ich mitten im Ausrollen innehalten und tief Luft holen, um nicht loszuheulen. Dieses Gefühl des Alleinseins greift nach mir, gräbt seine eisigen Klauen in meine Brust. Ganz genau so hat es sich angefühlt, als Mamma uns verlassen hat. Mit dem Unterschied, dass sie nicht diejenige war, die die Entscheidung getroffen hat, zu gehen. Sondern ihre Krankheit.

Damals war es Viktor, der mich vor dem Absturz bewahrt hat, er war für mich da, wenn ich ihn brauchte, und hat mich in Ruhe gelassen, wenn ich keine Nähe ertrug.

So sehr mein Herz wehtut, wenn ich an seinen Betrug denke, so sehr leidet meine Seele darunter, meinen Anker verloren zu haben. Kurz schließe ich die Augen. Der Gedanke, dass mich seine starken Arme nie wieder tröstend halten werden, dass mich kein liebevoller Blick aus seinen blauen Augen mehr begrüßen wird, wenn ich morgens aufwache … Es schmerzt und raubt mir buchstäblich den Schlaf.

Aber werde ich ihm verzeihen können? Darauf habe ich noch immer keine Antwort. Immerhin waren wenigstens alle Tests negativ, wie mir Dr. Malmström gestern Nachmittag telefonisch mitgeteilt hat.

Bis die *Kanelbullar* fertig gebacken sind, setze ich Kaffee auf und stelle Tassen und Teller auf den Tisch. Die allererste noch warme Zimtschnecke genieße ich anschließend ganz in Ruhe, mit einer Tasse Kaffee, auf die Küchenbank gekuschelt. Noch immer in Aufruhr, aber trotzdem etwas gelassener als noch vor einer halben Stunde, lasse ich mich einlullen von dem warmen Gefühl, das mich durchströmt. Und das völlig unerwartet von der scharfen Kälte des Dezembertages verscheucht wird, als die Küchentür auffliegt und mein Bruder über die Schwelle stolpert.

Auf den ersten Blick ist mir bereits klar, dass Filip betrunken ist. Mit glasigen Augen glotzt er auf den Tisch, ehe sich ein Grinsen auf sein Gesicht legt.

»Na, da komm ich ja genau richig«, lallt er und seine Fahne dringt bis zu mir herüber.

Angewidert verziehe ich das Gesicht. Plump lässt er sich auf einen der Küchenstühle fallen und verlangt lautstark nach Kaffee. Dann gießt er sich ungefragt selbst ein, angelt nach einer Zimtschnecke, in die er hineinbeißt und die er anschließend so laut kaut, dass mir mein Bissen im Hals stecken bleibt.

»Du stinkst wie eine dreckige Spelunke«, werfe ich ihm vor, doch Filip winkt nur ab.

Er spült seinen Mund mit Kaffee aus, ehe er antwortet. Immerhin. »Kann gar nicht sein. So viel hab ich gar nich getrung.«

Automatisch errichte ich meinen Schutzschild aus Kindertagen, indem ich die Knie an die Brust ziehe und meine Arme darum schlinge.

»Was willst du hier, Filip?«, frage ich.

Er winkt erneut ab und stopft sich noch mehr Essen in den Mund. Sein Blick huscht unstet hin und her, bleibt immer wieder an mir hängen.

»Wann gehsu surück?«, nuschelt er.

Auf meinen Armen breitet sich eine Gänsehaut aus.

»Wie bitte?«

Filip lehnt sich ächzend auf seinem Stuhl zurück und fixiert mich mit seinen blutunterlaufenen Augen. Ich habe das Gefühl, gleich ganz dringend einen Schnaps zu brauchen.

»Wann du verdamm noch mal su Viktor surückgehs, hab ich gefragt!«

Eine dunkle Ahnung beschleicht mich, warum mein Bruder das ausgerechnet jetzt wissen will. »Wie meinst du das?« Meine Stimme ist nichts weiter als ein Krächzen und ich hoffe inständig, dass ich mit meiner Vermutung falschliege.

»Dein Macker hat mir Geld geliehn, und wennu nich su ihm surückgehs, nimmter mir das wieder weg.«

Schwere Kälte breitet sich in meinem Innern aus. Viktor hat meinem Bruder Geld geliehen? Das Darlehen für Pappa, um das ich ihn vor Jahren gebeten habe, ist längst auf Heller und Pfennig zurückgezahlt. Sonst hätte ich vermutlich eher Paola rausgeworfen und ihr die Schuld an Viktors Seitensprung gegeben, nicht ihm. Aus Angst, er würde die sofortige Rückzahlung von Pappa fordern. Denn das hätte meinen Vater den Hof und alles, was ihm wichtig ist, gekostet. Auch wenn Viktor nie dergleichen angedeutet hat.

Aber für meinen Bruder …

»Ich glaube nicht, dass ich zurückgehe, Filip.« Der Satz löst gleichzeitig Panik und Erleichterung in mir aus.

Sein Kopf ruckt herum. Mit gefährlich leiser Stimme flüstert er: »Und ob du das tust. Wenner mir das Geld wegnimmt, binnich ruiniert!«

Ich zucke mit den Schultern. Seit Mammas Tod hat mein Bruder sich nicht mehr für mich oder mein Leben interessiert. Selbst Geschäfte mit meinem Freund hat er gemacht, ohne dass ich davon wusste.

»Hör zu, Filip. Viktor hat mich betrogen und ich kann ihm das nicht einfach so verzeihen.« Die letzten Worte betone ich einzeln und deutlich, in der Hoffnung, dass sie in Filips vom Alkohol benebelten Verstand vordringen. Stattdessen springt er auf und macht einen Schritt auf mich zu, der meinen Fluchtinstinkt weckt. Hastig klettere ich über die Seitenlehne der Bank, um von ihm wegzukommen. Doch Filip ist schneller, er umrundet den Tisch auf der anderen Seite, packt mich an den Schultern und schüttelt mich.

»Scheißegal waser gemach hat! Du muss ihm wieder das Bett wärmen, verdammochmal!«

Seine Stimme ist schrill, sie hämmert in meinem Kopf und ich bekomme kaum noch Luft. Mit aller Kraft versuche ich, mich aus seinem Griff zu lösen, doch er lässt nicht locker.

»Mir ist völlig egal, welche Abmachungen du mit Viktor getroffen hast, mit mir hat das nichts zu tun. Und jetzt lass mich los!«

Den letzten Satz schreie ich und Filip löst tatsächlich seinen Griff, weicht sogar einen Schritt zurück. Sein Blick ist leer und nun ist er derjenige, der den Kopf schüttelt.

»Du verstehs nich! Wenn du nich mehr seine Freundin bis, willer alles Geld surück! Dann binich ruiniert! Du muss ihn sofort anrufn und wieder su ihm gehn. Das bissu mir schuldig! Shab so viel für dich getan!«

Jegliches Mitgefühl, auch der letzte Rest Liebe, den ich bis zu diesem Moment noch für meinen Bruder übrig hatte, verpufft.

»Du hast noch nie was für mich getan, Filip. Und jetzt geh, bitte. Was auch immer du hier wolltest, du wirst es nicht kriegen.«

42

Ich will um ihn herumgehen, doch Filip macht einen Satz und stellt sich mir in den Weg, packt mich fest an den Armen. Sein alkoholgeschwängerter Atem schlägt mir ins Gesicht und mir wird speiübel. Er brabbelt unzusammenhängende Worte, während ich erfolglos versuche, mich aus seinem Griff zu winden. Erst als ich ihm kräftig gegen das Schienbein trete, lässt er von mir ab und gibt den Weg frei.

In seinem Blick wechseln sich Unglaube, Entsetzen und Wut ab, doch ehe er mir wieder zu nahe kommen kann, schubse ich ihm einen Stuhl vor die Füße und renne zur Garderobe. Ich reiße meine Jacke vom Haken, zerre mir die Stiefel an und laufe, so schnell ich kann, ins Freie.

»Solveigh! Bleib stehn!« Filip poltert hinter mir die Treppe herunter und verfolgt mich brüllend. »Hassu gehört? Du solls stehn bleibn! Du ruiniers mich! Du mussu Viktor surück! SOFORT!«

Noch nie hatte ich eine solche Angst vor jemandem wie in diesem Moment vor Filip. Ich muss so viel Distanz wie möglich zwischen uns bringen und so lange fortbleiben, bis Pappa und Rika zurück sind. Immer noch kann ich ihn hinter mir rufen hören und spüre geradezu, dass er mich verfolgt. Furcht kriecht mir kribbelnd die Wirbelsäule hinauf, setzt sich zwischen meinen Schulterblättern fest. Gehetzt renne ich in den Wald, in der Hoffnung, dass er zu betrunken ist, um mir lange folgen zu können.

Ich achte weder auf den Weg noch auf die Richtung, die ich einschlage, haste nur zwischen den Bäumen hindurch.

Die kalte Winterluft brennt in meinen Lungen, jeder neue Atemzug ist schmerzhafter als der vorherige. Der Schnee lässt mich immer wieder einsinken, meine Beine protestieren bei jedem Schritt, den ich vorwärts haste. Hustend ringe ich nach Luft.

»Solveigh, halt an, verdammochmal!« Seine Stimme klingt immer noch zu nahe, die Angst vor ihm treibt mich weiter. Unter der Schneedecke kann ich die Unebenheiten und Stolperfallen nicht erkennen. Mehr als einmal komme ich ins Straucheln oder bleibe an einem tiefen Ast hängen.

»SOLVEIGH!«

Filips Ton ist so durchdringend, dass ich zusammenzucke. Ich werfe einen Blick über die Schulter, um zu sehen, ob ich erkennen kann, wie nahe er noch ist. Was sich augenblicklich rächt. In vollem Lauf renne ich gegen eine schmale Birke auf meinem Weg.

Der Aufprall wirft mich zurück, ich stolpere und falle. Instinktiv strecke ich meine Hände aus, um den Sturz abzufangen. Heiß schießt der Schmerz von meinem Handgelenk den Arm hinauf, meine Wange brennt wie Feuer. Mit zitternden Fingern taste ich danach, spüre klebrige Feuchtigkeit, sehe die Blutspuren an meiner Hand. Die Rinde hat meine Haut ganz schön aufgeschürft. Mit tränenden Augen sitze ich auf dem eiskalten Waldboden, ringe nach Luft und lausche.

Der Schnee dämpft die meisten Geräusche des Waldes und so kann ich deutlich hören, dass Filip immer noch durch das Unterholz pflügt. Mein Blick fällt auf die Spuren im Schnee. Die Erkenntnis trifft mich wie ein Hammerschlag: Er kann mir ohne Probleme folgen.

Augenblicklich rapple ich mich wieder auf, ignoriere den Schmerz in meinem Handgelenk und das Brennen an meiner Wange und stolpere weiter. Jetzt schlage ich Haken, verwirre Filip, indem ich mal hierhin, mal dorthin laufe. Ich fühle mich wie ein vom Fuchs gehetzter Hase, der um sein Leben rennt.

Erst als ich wirklich nicht mehr kann und schon eine Weile keine Rufe mehr gehört habe, bleibe ich stehen, vornübergebeugt, keuchend. Vor meinen Augen flimmern schwarze Punkte und ich lehne mich haltsuchend mit der Hüfte gegen einen Baum. Es dauert lange, bis sich mein Atem so weit beruhigt hat, dass ich mich vorsichtig wieder aufrichten kann, ohne zu schwanken.

Mein Blick wandert über die Bäume. Und ich habe keine Ahnung, wo ich bin.

Langsam drehe ich mich um mich selbst, in der Hoffnung, irgendetwas wiederzuerkennen. Doch die Wälder hier sind so dicht, dass man schnell die Orientierung verlieren kann, selbst wenn man auf den Weg achtet. Und auch wenn der Schnee nicht alles bedecken und verändern würde, ich war einfach zu lange nicht mehr tief im Wald, um mich noch zurechtfinden zu können.

Ich taste nach meinem Handy, um mich damit zu orientieren oder Pappa anzurufen, doch meine Taschen sind leer. Es liegt immer noch zu Hause in der Küche, wo ich es zum Backen abgelegt habe. Verdammt.

Mein Hals schnürt sich zu, die Luft, die ich mir gerade mühsam in die Lungen gepumpt habe, wird wieder knapp. Mein einziger Anhaltspunkt, wie ich nach Hause komme, sind meine Fußspuren. Aber erstens habe ich so viele Haken geschlagen, ohne auf den Weg zu achten, dass ich mich eher verirren würde, als ans Ziel zu kommen. Und zweitens würde ich unweigerlich Filip in die Arme laufen, wenn ich den Weg zurückgehe. Das macht mir mehr Angst, als mitten im Nirgendwo zu stehen. Da ich allerdings auch schlecht mitten im Wald warten kann, gehe ich einfach geradeaus weiter. Irgendwann werde ich auf einen Weg treffen, das hat Pappa mir schon früh beigebracht. Die Schneedecke und die einsetzende Dämmerung machen es mir allerdings ziemlich schwer, voranzukommen. Doch ich stapfe unermüdlich weiter, immer in der Hoffnung, bald einen Weg oder eine Straße zu finden und mir bis dahin nicht irgendwas zu brechen.

Zwar habe ich keinerlei Zeitgefühl, aber dass ich seit einer Ewigkeit im Wald umherirre, erkenne ich daran, dass es immer schneller dunkel wird. Seit der Zimtschnecke habe ich nichts gegessen und das Hungerloch in meinem Bauch ist inzwischen schmerzhaft groß. Meine Füße sind nass, denn meine Stiefel sind zwar gefüttert, aber nicht darauf ausgelegt, stundenlang durch nasskalten Schnee zu stapfen.

Hinter mir knackt es so laut, dass ich vor Schreck schreiend einen Satz nach vorn mache, mitten in ein Loch. »Verdammter Mist!« Jetzt ist auch noch meine Jeans klatschnass.

Laut verfluche ich meinen Bruder. Sobald ich an Filip denke, kriecht ein Kribbeln von meinen Zehen über meine kalten Beine bis hin zu meiner Kopfhaut. Immer noch fühle ich mich beobachtet und friere von Minute zu Minute mehr. Wenn ich nicht bald einen Weg finde …

46

Noch ehe ich den Gedanken zu Ende gebracht habe, entdecke ich eine Schneise im Dicht der Bäume vor mir. Hastig kämpfe ich mich aus dem Schnee und stolpere vorwärts, immer auf die lichter werdende Baumreihe zu. Der Pfad ist einigermaßen begehbar und ich bin mir sicher, dass er über kurz oder lang auf einen breiteren Waldweg treffen wird. Und tatsächlich, nur wenig später kreuze ich einen Weg, der befahrbar ist, wie die festgefrorenen Traktorspuren zeigen. Inzwischen ist es beinahe dunkel und im ersten Moment glaube ich, meine Augen spielen mir einen Streich, als ich ein schwaches Licht in der Ferne wahrnehme. Doch als ich weiter darauf zugehe, erkenne ich ein kleines Haus, dessen untere Fenster hell erleuchtet sind.

Vor Aufregung beschleunigt sich mein Puls. Es taucht genau zur richtigen Zeit auf, lange hätte ich nicht mehr durchgehalten. Auch wenn hier in der Umgebung viele leer stehende Ferienhäuser zu Weihnachten Lichterbögen in den Fenstern stehen haben, dieses Licht verspricht Wärme und Zuflucht, zumindest bis mich jemand abholen kann.

Mit letzter Kraft erreiche ich das schmiedeeiserne Gartentor. Plötzlich kommt mir ein Gedanke, der meine vor Kälte steifen Finger davon abhält, die Klinke zu drücken. Wer weiß, wer hier so abgeschieden in einem Haus mitten im Nirgendwo wohnt? So weit mein Auge reicht, kann ich kein anderes Licht ausmachen und die Chancen stehen nicht schlecht, dass hier ein irrer Axtmörder haust. Die Alternative würde aber bedeuten, dass ich noch weiter durch Dunkelheit und Kälte laufen müsste. Ich bin erschöpft, schlottere am ganzen Körper und der Hunger nagt sich immer weiter durch meine Eingeweide. Zudem habe ich keine Ahnung, ob ich noch verfolgt werde oder nicht.

Ein Geräusch, das sich anhört, als breche Filip jeden Moment aus dem Wald, lässt mich alle Bedenken über gruselige Mörder in den Wind schießen. Rasch öffne ich das Tor und trete hindurch. Das Quietschen lässt mich kurz innehalten und lauschen, ehe ich tapfer auf das kleine gelbe Häuschen zugehe.

Einen Augenblick später klopfe ich an die weiße Holztür und halte angespannt den Atem an.

Eine gefühlte Ewigkeit passiert nichts. Erst als ich erneut klopfe, höre ich Geräusche von drinnen. Jetzt werde ich doch nervös und kurz überlege ich, ob es wirklich eine so gute Idee war, hier um Hilfe zu bitten. Schritte nähern sich, ein Schlüssel dreht sich im Schloss. Ein Mann öffnet und mir bleibt meine Erklärung, warum ich so spät am Abend vor seiner Tür stehe, im Hals stecken.

Verwuschelte, dunkelbraune Haare hängen ihm tief in die Stirn, sein halb geöffneter Mund verschwindet beinahe gänzlich hinter einem dichten Bart. Saphirblaue Augen starren mich völlig entgeistert an. Augen, die ich überall wiedererkennen würde, auch wenn ich sie so lange nicht gesehen habe. Der melancholische Ausdruck darin ist immer noch nicht verschwunden, dafür schwindet meine Angst, denn ich weiß: Hier bin ich sicher.

Dennoch starre ich ihn sekundenlang nur an. Über vier Jahre ist das jetzt her. Jahre, in denen ich mich gefragt habe, wohin er plötzlich verschwunden ist.

»Yorick?« Sein Name erklingt so leise, dass ich nicht sicher bin, ob er mich überhaupt verstanden hat.

Mein Herz klopft nervös gegen meine Rippen, ich weiß ja nicht einmal, ob er mich erkannt hat. Oder erkennen will. Er hat sich keinen Millimeter bewegt, seit er mir geöffnet hat, blinzelt nur unablässig. Dann nickt er langsam, ohne seinen Blick von mir zu nehmen.

»S... Sol... Solveigh?«, haucht er und mein Name aus seinem Mund klingt wie warmer Sommerregen. Dabei sollte er eher das Gefühl eines nasskalte Herbstschauers in mir auslösen.

Jetzt ist es an mir, zu nicken.

»Was ...« Er räuspert sich, fährt sich mit der Hand über die Augen und holt Luft. »Was in Odins Namen machst *du* denn hier?«

Die Wärme, die aus dem Innern des Hauses strömt, verstärkt mein Zittern und ich bewege meine steifgefrorenen Hände, um sie wieder spüren zu können. »Darf ich ... vielleicht kurz ... reinkommen? Ich hab mich ... verlaufen.« Vor lauter Zähneklappern kriege ich keinen zusammenhängenden Satz heraus. Ich merke, wie meine Beine mir langsam, aber sicher den Dienst versagen und stütze mich am Türrahmen ab. Die Stunden im Wald, der Streit mit Filip, die Anspannung in meinem Innern, alles bricht auf einmal über mich herein.

Erschrocken sieht Yorick mich an und erkennt offenbar, wie erschöpft ich bin. Ehe ich umkippe, stützt er mich und bringt mich ins Warme. Er führt mich in ein kleines Wohnzimmer, zieht mit einer Hand einen Stuhl heran und ich lasse mich kraftlos darauf sinken, ehe er rasch wieder die Tür schließt und mir dann dabei zusieht, wie ich meine Stiefel abstreife. Er bringt sie in den Flur und kehrt dann zu mir zurück. Fragend lege ich den Kopf schief, weil er mich so sprachlos anstarrt.

Er hebt eine Schulter. »Entschuldige, ich bin nur …«, beginnt er stockend. Wieder reibt er sich über das Gesicht. »Wir haben uns so lange nicht gesehen. Ich habe kurz geglaubt …«

Ist das sein Ernst? »Natürlich haben wir das nicht«, murmle ich. *Du warst einfach weg!*

Er schüttelt den Kopf, schließt kurz die Augen und öffnet sie wieder, so als wolle er sich vergewissern, dass ihm seine Fantasie keinen Streich spielt.

Meine Finger und Zehen kribbeln, als die Wärme langsam in meinen Körper zurückkehrt. Das Feuer, das fröhlich im Kamin vor sich hin brennt, übt eine magische Anziehungskraft auf mich aus, ich stemme mich vom Stuhl hoch und gehe langsam darauf zu. Mit einem Seufzen halte ich die Hände vor die Flammen, bewege meine Zehen in den nassen Socken hin und her.

Aus dem Augenwinkel nehme ich wahr, wie Yorick sich aus seiner Starre löst und auf mich zukommt. Er streckt eine Hand aus. »Gib mir deine Jacke, die ist ja klatschnass.«

Blinzelnd schaue ich an mir herunter und stelle fest, dass er recht hat. Da ich bis auf die Knochen friere, ist mir das nicht einmal mehr aufgefallen. Ich ziehe meine Jacke aus und er nimmt sie mir ab, hängt sie über eine Stuhllehne. Sehnsüchtig schiele ich zu dem Stuhl, auf dem ich vorhin gesessen habe, aber er steht zu weit vom Feuer weg und ich will nicht davon abrücken. Yorick stellt den Stuhl direkt vor die Wärmequelle und drückt mich behutsam darauf, nimmt eine Wolldecke vom Sofa und wickelt mich darin ein. Dann geht er vor mir in die Hocke, nimmt meine kalten Hände in seine herrlich warmen und massiert jeden einzelnen Finger. Mein Körper summt, als würden abertausende von Bienen darin umherschwirren, und ich weiß nicht, ob es davon kommt, dass ich langsam auftaue, oder von dieser völlig unerwarteten Berührung.

Am liebsten würde ich ihm die Hände entziehen, will nicht, dass er mich ansieht, als wären die letzten Jahre nicht gewesen. Die Vertrautheit zwischen uns fühlt sich falsch an. Mir wird die Kehle eng, als ich mich daran erinnere, wie er sang- und klanglos verschwunden ist. Ihm jetzt so nahe zu sein trägt nicht dazu bei, meinen inneren Aufruhr zu beruhigen. Im Gegenteil. Aber mein Körper gehorcht mir nicht, heißt die Wärme willkommen.

Mein Kopf sucht nach Worten, die ich zwischen uns stellen kann, um ihn wenigstens innerlich ein Stück weit von mir schieben zu können. Doch da hebt er den Kopf und fragt leise: »Was um alles in der Welt ist denn passiert?«

51

Fünftes Kapitel

Solveigh starrt in die Flammen. Ihre weißblonden Haare kleben ihr in nassen Strähnen an Kopf und Gesicht, ihre Lippen schimmern blau vor Kälte. Ich ziehe ihr die Decke noch enger um die Schultern und warte geduldig ab. Sie reagiert so lange nicht, dass ich meine Frage schon wiederholen will. Doch dann entzieht sie mir ihre Hände, dreht den Kopf und sieht mich direkt an. Sie besitzt noch immer die Fähigkeit, meine Haut mit einem einzigen Blick zum Kribbeln zu bringen.

»Die Kurzfassung?«, fragt sie, und obwohl ich eigentlich alles ganz genau wissen will, nicke ich. Erst mal gebe ich mich mit dem Spatz in der Hand zufrieden. Die Taube kann ich auch später noch vom Dach holen.

»Viktor hat mich betrogen«, flüstert sie und für einen Schlag gerät mein Herz ins Stolpern. Gequält schließe ich die Augen, ehe ich sie seufzend wieder öffne. Viktor hat sie betrogen. Und damit sein Versprechen gebrochen. Also war alles, was ich getan habe, umsonst. »Ich bin erst mal zu meinem Vater geflüchtet und nun verlangt mein Bruder, dass ich sofort zu Viktor zurückkehre, weil der ihm Geld geliehen hat und er befürchtet, es jetzt zurückzahlen zu müssen.«

»Was?« Meine Stimme ist heiser und verrät mir, dass die Sehnsucht, von der ich geglaubt habe, sie inzwischen erfolgreich verdrängt zu haben, schlagartig zurückgekehrt ist. Um nicht weiter darüber nachdenken zu müssen, was in mir tobt, stemme ich mich hoch und hole mir selbst einen Stuhl. Halb dem Kamin zugewandt setze ich mich neben Solveigh. Ich kann ihren Gesichtsausdruck nicht deuten.

Sekundenlang sehen wir uns in die Augen, ehe sie sich abrupt zum Feuer zurückdreht und wieder in die Flammen starrt. »Tja, ich war ihm offensichtlich nicht mehr genug.« Ihre Stimme ist leise, bricht beinahe am Ende des Satzes.

Ein bitterer Geschmack breitet sich in meinem Mund aus, ich schlucke dagegen an.

Dann zwinge ich mich, sie direkt anzusehen. »Und was hat dein Bruder mit all dem zu tun?«, frage ich nach dem wohl unwichtigsten Teil der Geschichte.

Sie hält den Blick weiter ins prasselnde Feuer gerichtet und erzählt mir mit erstaunlich gefasster Stimme von den finanziellen Schwierigkeiten ihres Bruders. Auch hier spart sie die Details aus, was genau zwischen ihnen geschehen ist.

»Und dann bist du einfach weggelaufen, mitten in den Wald?«

Solveigh lacht bitter auf. »Ja, ich habe es gemacht, wie du. Nur auf und davon. Das schien der einfachste Weg.«

Ihre Antwort fühlt sich an wie ein Schlag in die Magengrube. Einen, den ich verdient habe, der deshalb aber nicht weniger schmerzt. Sie wird mir nicht erzählen, was genau mit Viktor passiert ist. Aber das habe ich mir wohl selbst zuzuschreiben.

Ich werfe einen Blick auf die große Standuhr, die in einer Ecke unaufdringlich vor sich hin tickt. Es ist kurz nach sechs und draußen wird es eiskalt sein. Ich weiß, wie weit der Hof von Halvar Gustafsson von meiner *Stuga* entfernt liegt. Die Strecke bei dem Wetter zu Fuß zurückzulegen dauert Stunden. Ich will mir gar nicht ausmalen, wie lange Solveigh durch den verschneiten Wald geirrt sein muss, um ausgerechnet bei mir zu landen. So erschöpft und abgekämpft, wie sie ist, war es eindeutig zu lange. Erst als sie den Kopf etwas zur Seite neigt, fällt mir die Schramme an ihrer Wange auf. Ganz vorsichtig berühre ich sie – sie zuckt zurück und ich weiß nicht, ob es an der Wunde oder an mir liegt. So oder so lasse ich meine Hand begleitet von einem leisen Räuspern wieder sinken.

»War das Filip?« In meinem Bauch rumort es, ich will gar nicht daran denken, dass jemand seiner eigenen Schwester wehtun könnte.

Zu meiner Erleichterung schüttelt Solveigh den Kopf. »Nein, ich hab eine Birke übersehen, als ich vor ihm geflüchtet bin.«

Schlimm genug, denke ich.

Ich stütze meine Hände auf meine Oberschenkel und stemme mich vom Stuhl hoch, gehe in die Küche und hole meinen Verbandskasten aus der Speisekammer. Zurück im Wohnzimmer, versorge ich Solveighs Wunde mit der größten Sorgfalt, tupfe ihr behutsam das getrocknete Blut ab und trage eine antiseptische Salbe auf, während sie angestrengt in den Kamin blickt, als liefe darin ein spannender Film. Zwar zuckt sie jetzt nicht mehr zurück, aber die Distanz zwischen uns ist beinahe mit den Händen zu greifen.

»Hast du sonst noch irgendwo Verletzungen?«, frage ich, ehe ich alles zurück in den Kasten räume.

Mir entgeht nicht, dass Solveigh ihr rechtes Handgelenk reibt und will gerade fragen, als sie den Kopf schüttelt.

»Nein, mir ist nur immer noch kalt und ich hab Hunger.«

»Dem kann ich abhelfen. Wie wäre es mit *Smörgås*?«, frage ich unsicher.

Endlich sieht sie mich an und ich kenne die Antwort, noch ehe sie sie ausspricht.

»Danke, aber ich würde lieber meinen Vater anrufen, dass er mich abholt. Kann ich vielleicht dein Handy benutzen? Ich hab meins zu Hause liegen lassen.«

Etwas zieht in meiner Brust und ich schlucke meine eigentliche Antwort hinunter. Stattdessen halte ich für ein paar Sekunden ihren Blick und sauge jedes Detail ihres Gesichts in mich auf.

»Du brauchst ihn nicht anrufen, ich fahr dich nach Hause«, sage ich leise.

»Stimmt, *du* hast ja die ganze Zeit gewusst, wo du mich überall finden kannst.«

Die Ablehnung in ihrer Stimme tut nicht minder weh als der verbale Schlag von vorhin. »Solveigh, es …«

Mit erhobener Hand unterbricht sie mich. »Für deine Entschuldigung hab ich heute keine Kraft mehr, Yorick. Kannst du mich bitte einfach nach Hause fahren?«

Mehr sagt sie nicht, sie steht nur auf, greift nach ihrer noch immer nassen Jacke und geht mir voraus in den Flur. Bis ich mich aus meiner Starre reißen kann, hat sie längst ihre Stiefel angezogen und wartet ungeduldig an der Tür.

Mich stumm selbst verfluchend schnappe ich mir die Autoschlüssel vom Haken. Kurz halte ich ihren Blick gefangen, versuche, ihr wortlos mitzuteilen, was ich schon so lange sagen will.

Doch Solveigh unterbricht den Augenkontakt, entzieht sich jedem einzelnen Wort, das ich ihr stumm zuflüstere.

»Dann lass uns aufbrechen«, murmle ich und frage mich, ob das Schicksal wirklich so grausam sein kann, sie mir zu schicken, um mir noch einmal vor Augen zu führen, was ich verloren habe.

Schweigend fahren wir durch den dunklen Wald. Solveigh starrt stur durch die Windschutzscheibe in die Nacht, die Arme verschränkt vor der Brust. Ich habe die Heizung bis zum Anschlag aufgedreht, weil sie immer noch friert in ihren nassen Sachen. Mit jeder Minute, die verstreicht, wird die Mauer um Solveigh undurchdringlicher, aber ich gebe nicht auf. Auch wenn sie sämtliche Versuche, mit ihr zu reden, abgeblockt hat, so kann und will ich sie nicht so gehen lassen. »Solveigh, bitte sprich mit mir.« Das Armaturenbrett beleuchtet das Innere meines Wagens gerade genug, dass ich aus dem Augenwinkel wahrnehmen kann, wie sie mir das Gesicht zuwendet.

»Warum, Yorick? Warum sollte ich jetzt mit dir reden, wenn du vor Jahren ohne ein Wort aus meinem Leben verschwunden bist?«

Bevor ich antworten kann, holt Solveigh tief Luft und fährt fort.

»Ich war am Boden zerstört. Einen Tag haben wir noch über alles gesprochen, konnten uns auf den anderen verlassen. Und am nächsten Tag ist mein bester Freund verschwunden, ohne auch nur den Hauch einer Erklärung. Und jetzt erfahre ich, dass du gar nicht weit von meinem Vater lebst und es nicht ein einziges Mal geschafft hast, dich blicken zu lassen?«

Ihre Brust hebt und senkt sich unter schnellen Atemzügen. Ich kann ihre Wut beinahe mit den Händen greifen und sie ist mehr als berechtigt. Ich bin ihr eine Erklärung schuldig, doch dafür brauche ich nicht nur eine ruhige Minute, sondern vor allem ganz andere Voraussetzungen.

Wir biegen bereits auf die Zufahrtsstraße zu Halvars Hof ein, als ich zu einer Antwort ansetze.

»Glaub mir, ich wollte nichts mehr, als hier oder in der Stadt vorbei zu schauen und dich wiederzusehen. Aber es gab gute Gründe, die mich davon abgehalten haben.«

»Die würden mich wirklich interessieren«, brummt sie.

Ich parke den Wagen neben einem alten Pick-up und stelle den Motor ab. Im Halbdunkel drehe ich mich zu Solveigh hinüber, lege eine Hand auf ihre verschränkten Arme.

»Gib mir die Chance, es dir zu erklären, Solveigh. Vielleicht kannst du mir dann irgendwann verzeihen, dass ich einfach gegangen bin.«

Ihre Anspannung lässt auch bei meinen Worten nicht nach. Mit einem leisen Seufzer lasse ich die Hand sinken und drehe mich wieder zur Windschutzscheibe.

»Ich glaube, du wirst bereits erwartet«, stelle ich leise fest und deute auf die hell erleuchtete Veranda, auf der Solveighs Vater steht.

»Vielleicht …« Sie schluckt hörbar. »Vielleicht können wir wirklich bald über alles sprechen. Aber nicht jetzt.« Sie atmet einmal tief ein. »Danke, dass du mich hergefahren hast. Ich hoffe nur, Filip taucht nicht gleich wieder auf.« Mit diesen Worten öffnet sie die Beifahrertür und steigt aus.

Ehe sie die Tür zuschlagen kann, beuge ich mich über ihren Sitz. »Solveigh, warte.« Mir liegt ein Angebot auf der Zunge, eines, das sie nie annehmen wird. Das wahrscheinlich sogar aufdringlich ist. Aber ich will unbedingt, dass sie weiß, dass sie bei mir immer noch Zuflucht findet.

»Was?« Sie kann die Erschöpfung nicht mehr aus ihrer Stimme heraushalten.

»Wenn du … Also, wenn dir alles zu viel wird. In der *Stuga* gibt es ein Gästezimmer. Solltest du irgendwann noch mal davonlaufen wollen, dort kannst du dich für eine Weile vor der Welt verstecken.« Regungslos steht sie im Dunkeln. Meine Aufmerksamkeit wird durch eine Bewegung auf der Treppe abgelenkt und ich sehe Halvar zu Solveigh auf den Hof kommen. Das ist mein Fingerzeig, mich zu verabschieden. »Mach's gut, Solveigh.« Mehr als das bringe ich nicht hervor. Ich beuge mich zur Beifahrertür, ziehe sie zu und starte dann den Motor.

Beim Ausparken sehe ich, wie Halvar neben seine Tochter tritt und sie in seine Umarmung sinkt. Meine Brust brennt. Ich wünschte, ich wäre derjenige, der sie so trösten darf. Der sie hält und beschützt. Aber die Chancen dafür, dass sie mir je vergibt, stehen ziemlich schlecht. Ein letzter Blick in den Rückspiegel zeigt mir, wie die beiden ins Haus gehen. Dann fällt die Tür hinter ihnen ins Schloss und ich gebe Gas.

Sechstes Kapitel

Pappas Arm hüllt mich in seine tröstende Wärme ein. Ich lehne meinen Kopf an seine Schulter und lasse mich von ihm ins Wohnzimmer bringen, wo Rika auf uns wartet.

»Was …«, setzt sie an, doch ich schüttle nur den Kopf. Meine Arme und Beine sind bleischwer, die Kälte sitzt mir immer noch in den Knochen. Ich habe keine Kraft mehr, den beiden bis ins kleinste Detail zu berichten, was vorgefallen ist.

»Filip und ich haben uns gestritten und ich … bin vor ihm davongelaufen. In den Wald«, murmle ich, in der Hoffnung, es dabei belassen zu können. Pappa schiebt mich ein Stück von sich und mustert mich, seine Augen zu Schlitzen verengt. Ich seufze. Ohne nicht wenigstens eine kurze Erklärung bekommen zu haben, werden sie mich nicht ins Bett gehen lassen.

»Filip ist besoffen hier aufgetaucht und hat von mir verlangt, dass ich sofort zu Viktor zurückkehre. Es ging wie immer um Geld.«

In Pappas Blick flackert Wut auf und ich drücke seinen Arm. »Filip wollte mein Nein nicht akzeptieren und … ist sozusagen auf mich losgegangen.«

Rika erhebt sich, kommt auf mich zu. Ihre behutsame Berührung brennt auf meiner verschrammten Wange. Die Frage in ihren Augen beantworte ich mit einem Kopfschütteln. »Da war ein Baum im Weg. Ich hab nicht drauf geachtet, wo ich hinlaufe. Irgendwann bin ich dann vor Yoricks Haus gelandet. Er hat mich heimgefahren.«

Meine Stimme ist heiser. Meine Beine fühlen sich an wie Wackelpudding und ich bin so erschöpft, dass ich mich kaum noch aufrecht halten kann. Kraftlos lasse ich mich gegen Pappa sinken.

Mit Schwung hebt er mich hoch, trägt mich die Treppe hinauf in mein Zimmer. Seine Wut auf Filip strahlt geradezu von ihm ab, aber er sagt keinen Ton. Trotzdem weiß ich, dass er meinen Bruder zur Rede stellen wird, sollte er hier wieder auftauchen.

Rika folgt uns auf dem Fuß, hilft mir dabei, mich aus den nassen Klamotten zu schälen. Als lese sie mir eine beruhigende Gutenachtgeschichte vor, erzählt sie mir von ihrem Einkauf am Vormittag, davon, was sie alles noch tun will in den nächsten Tagen. Ihre Sorge um mich flimmert in der Luft. Ich schenke ihr das größte Lächeln, das ich gerade zustande bringe, um sie zu beruhigen.

»Danke, Rika.«

Dann schleppe ich mich ins Bett und ziehe mir die Decke bis ans Kinn. Tröstend streicht sie mir über die Haare, als wäre ich ein kleines Mädchen. Ihr kleines Mädchen. »Schlaf dich aus. Morgen reden wir noch mal über alles und dann backen wir zusammen Weihnachtskekse. Was hältst du davon?«

Ich schlucke den Kloß hinunter, der sich in meinem Hals bildet, und nicke. Wie kommt es nur, dass sie immer genau das sagt, was ich gerade hören muss?

Pappa küsst mich noch einmal auf die Stirn, und als die beiden mit einem leisen »Schlaf gut« die Tür hinter sich zugezogen haben, drehe ich mich auf die Seite und schließe die Augen. Zwinge meine Gedanken zur Ruhe.

Auf meinem Nachttisch vibriert es und ich schrecke zusammen, ehe ich merke, dass ich bereits kurz eingenickt bin. Ich drehe den Kopf in die Richtung, aus der das Geräusch kam. Mein Handy liegt leuchtend neben dem Bett, Rika oder Pappa müssen es vorhin dort hingelegt haben.

Ich taste danach. Eine Nachricht leuchtet mir entgegen. Viktor. Kurz schwebt mein Finger darüber, unschlüssig, ob ich mich dem jetzt stellen will. Aber ich weiß genau, wenn ich jetzt nicht lese, was er geschrieben hat, wälze ich mich die halbe Nacht umher und grüble darüber nach.

Viktor: Ich vermisse dich. Das Bett ist so leer ohne dich.

Ich beiße mir auf die Innenseite meiner Wange, um nicht laut zu schreien. Es ist so typisch für ihn, so etwas zu schreiben und zu glauben, ich würde darauf reagieren. Selbst in dieser Nachricht dreht sich alles um ihn. Keine Entschuldigung, keine Frage danach, wie es mir mit all dem geht. Nichts.

Wieder drängen sich die Bilder von Viktor und Paola in meine Gedanken, rumort es in meinem Bauch. Ich werfe das Handy neben mich auf die Bettdecke und rutsche ein wenig höher. An die Kopfseite des Bettes gelehnt, zwinge ich mich, ruhig zu atmen.

Tränen brennen in meinen Augen, aber ich blinzle sie weg. Jetzt, wo ich trotz aller Müdigkeit wieder wach bin, fange ich an, nachzudenken. Versuche Ruhe zu finden, aber gegen den Schmerz in meinem Innern, den Viktor verursacht und Filip verstärkt hat, bin ich machtlos. Und auf einmal ist da Mamma.

Der Gedanke an sie lässt die Tränen nun doch aus meinen Augenwinkeln kullern. Es tat so weh, zusehen zu müssen, wie sie litt. Wie sie sich jeden Tag darum gesorgt hat, dass es mir gut geht, dass ich meinen Weg finde. Statt sich darum zu sorgen, dass sie nicht mehr miterleben kann, was aus mir wird.

Ein Schluchzen bricht sich Bahn und ich weine, das Gesicht in den Händen vergraben. Weil ich mich so verloren fühle, so allein. So verraten. Von Viktor, von Filip – und auch von Yorick. Drei Männer in meinem Leben, die mir einmal viel bedeutet haben. Und die mich, jeder auf seine Weise, zutiefst verletzt haben.

Meine Sehnsucht nach Geborgenheit, nach jemandem, dem ich blind vertrauen kann, wird so groß, dass es mich zerreißt. Viktor war einst dieser Jemand für mich. Und Yorick.

Und während ich mir fast sicher bin, dass ich Viktor nie wieder werde vertrauen können, schleichen sich leise Zweifel in meine Gedanken, was Yorick angeht. In mir schreit alles nach Antworten. Warum war ich Viktor nicht genug? Warum hat Yorick sich nicht gemeldet, als er wieder in der Nähe war?

Während meine Gedanken im Karussell durch die Nacht rasen, meine ich beinahe, Mammas Stimme in meinem Kopf zu hören. Wie sie mir zuflüstert, dass ich auf mein Herz hören soll. Dass ich darauf vertrauen soll, dass es mir den richtigen Weg schon weisen wird. Und dass ich die Chance, die sich aufgetan hat, ergreifen soll. Denn auch wenn mein Leben sich gerade wie das komplette Chaos anfühlt, hat einer mir Antworten angeboten.

Regen prasselt gegen mein Fenster und reißt mich aus einem wirren Traum. Ich muss tatsächlich über all den Grübeleien irgendwann eingeschlafen sein.

Blinzelnd schiele ich ins fahle Morgenlicht und erkenne die schneebedeckten Baumspitzen. Für Regentropfen ist es doch viel zu kalt. Und das Geräusch kommt von meiner Tür. Mein Kopf ruckt herum. Jetzt erst wird mir klar, dass wirklich dagegen geklopft wird, gefolgt von einem saftigen Fluch.

Augenblicklich bin ich hellwach. Filip.

Langsam öffnet er die Tür, späht durch den Spalt ins Zimmer und seine Augen sehen mich bekümmert an.

»Was ist?«, frage ich und versuche, meine Stimme am Zittern zu hindern. Es ist doch lächerlich, dass ich Angst vor meinem Bruder habe. Trotzdem kann ich mich nicht dagegen wehren.

»Ich wollte mich entschuldigen. Ich war nicht ich selbst und …« Er rauft sich die Haare und betritt mein Zimmer.

Wie sehr unsere kaum vorhandene Beziehung unter seiner Attacke gelitten hat, erkenne ich daran, wie ich instinktiv ein Stück weiter auf mein Bett zurückweiche. Filip scheint es nicht zu bemerken und lässt sich mit einem tiefen Seufzer ans Fußende fallen, vergräbt das Gesicht in den Händen und murmelt: »Ich weiß einfach nicht, was ich noch machen soll.«

Ich beiße mir auf die Zunge, um meine Gedanken für mich zu behalten. Nach gestern ist es mir so was von egal, was mit meinem Bruder passiert. Filip hebt den Kopf und sieht mich flehentlich an.

»Solveigh, bitte! Du *musst* mit Viktor reden!«

»Gar nichts muss ich, Filip!«, fauche ich. Für einen winzigen Moment hatte ich wirklich geglaubt, er meine die Entschuldigung ernst. Ich hätte es wissen müssen.

Seine Miene verdunkelt sich und er springt vom Bett auf. Hektisch rutsche ich von ihm weg und wäge meine Fluchtmöglichkeiten ab, als er auf mich zugeht. »Doch! Du musst mit ihm reden und zu ihm zurückkehren!«

Das Glitzern in Filips Augen zeigt mir deutlich, dass meine Worte niemals zu ihm durchdringen werden, egal wie entschlossen ich sie vortrage. Abwehrend hebe ich die Hände.

»Nein! Und jetzt verschwinde aus meinem Zimmer, sonst schreie ich, bis Pappa kommt!«

Die Warnung lässt Filip zurückweichen. Allerdings macht er keine Anstalten, das Zimmer zu verlassen.

»Du wirst tun, was nötig ist, um mir zu helfen«, zischt er. »Dafür werde ich schon sorgen. Heute nicht und morgen vielleicht auch nicht. Aber bis Weihnachten hat Viktor dich wieder, ich bin gerettet und du kannst dein sorgloses Leben an der Seite eines reichen Mannes weiterleben, Schwesterherz.«

Er spricht es nicht aus, aber ich weiß es auch so. Ab sofort wird er jeden Tag hier auftauchen, um seine Drohung wahr zu machen. Er nimmt mir den einzigen Zufluchtsort, den ich noch hatte, drängt mich in die Ecke und glaubt tatsächlich, er käme damit durch? »Raus!« Mein Befehl ist nur ein heiseres Flüstern, und als Filip sich nicht rührt, hole ich tief Luft. »Pappa?«

Filip wirft mir einen mörderischen Blick zu, den ich eiskalt erwidere. Wenn er schwere Geschütze auffährt, dann verteidige ich mich, mit allen Mitteln. Egal wie alt ich bin.

Rückwärts verlässt mein Bruder das Zimmer und zieht die Tür lautstark ins Schloss. Genau in dem Moment, in dem ich mich sicherer fühlen sollte, aber mein Herz mir dennoch bis in den Hals klopft, wird mir eine Sache klar: Ich kann hier nicht bleiben. Nicht, wenn ich Filip nicht diese Macht über mich geben will. Nicht, wenn ich noch ruhig schlafen will.

Aber wo soll ich sonst hin?

Almas Wohnung ist zu klein und außerdem würde er mich auch dort finden. Während ich noch hin und her überlege, klopft es erneut und Pappa schaut ins Zimmer.

»Ist alles okay? Habt ihr euch wieder gestritten?« Seine Sorge steht ihm ins Gesicht geschrieben. Ich gehe zu ihm, lasse mich von ihm in den Arm nehmen und atme seinen tröstenden Geruch nach Holz und Rauch ein.

»Filip hat genau da weitergemacht, wo er gestern aufgehört hat. Nur scheint er heute nüchtern gewesen zu sein.«

Kurz kneife ich die Augen zusammen, doch es ist meine einzige Möglichkeit. Behutsam löse ich mich aus Pappas Umarmung und schaue zu ihm auf.

»Meinst du, du kannst mich zu Yorick fahren? Ich muss mich für ein paar Tage vor der Welt verstecken.«

Siebtes Kapitel

Lange vor Sonnenaufgang sitze ich wieder an meinem Schreibtisch, der neben der Couch an der Wand befestigt ist. Direkt unter dem Fenster, das in den Garten hinausgeht. Dieser Blick lenkt mich zwar des Öfteren ab, aber er inspiriert mich auch unglaublich und nicht selten kommt der ein oder andere Waldbewohner vorbei und steht mir ganz furchtlos und nichts ahnend Modell.

Geschlafen habe ich kaum, meine Gedanken kamen einfach nicht zur Ruhe. Normalerweise machen mir schlaflose Nächte wenig aus. Aber jetzt bin ich kurz davor, durchzudrehen. Um das zu verhindern, tue ich das Einzige, was immer hilft. Zeichnen.

Ein Geräusch an der Haustür reißt mich aus meinen Gedanken. Wieder einmal scheint sich ein kleiner Waldbewohner auf meine Veranda verirrt zu haben. Mit einem Lächeln wende ich mich wieder meiner Arbeit zu. Ein Stündchen noch …

Da ist das Geräusch wieder, lauter diesmal. Verwirrt reibe ich mir über die müden Augen und lege den Stift fort. Das klingt eher, als hätte jemand geklopft. Noch ehe ich aufstehen kann, wird das Klopfen beinahe ungeduldig. Meine

Nachbarn scheinen es heute wirklich wichtig zu haben. Mit raschen Schritten durchquere ich das kleine Wohnzimmer und trete in den Flur.

Als ich die Haustür aufziehe, macht mein Herz einen Satz.

»*Hej.*« Solveighs Begrüßung ist leise. Heute zittert sie nicht vor Kälte, die Schramme an ihrer Wange beginnt schon zu heilen. Trotzdem starre ich sie an, unfähig einen Ton herauszubringen.

»Ich … wollte fragen, ob …« Sie hält inne und ihr Blick huscht zur Einfahrt hinüber, in der Halvars Pick-up parkt, ehe sie wieder mich ansieht. »Also ob das Angebot mit dem Versteck noch gilt«, flüstert Solveigh und ihre grauen Augen weichen meinem Blick erneut aus.

Es braucht einige Sekunden, bis ihre Frage zu meinem Verstand durchgedrungen ist. *Sie will tatsächlich zu mir. Mehr noch: Sie will eine Weile bleiben.* Schnell nicke ich und halte ihr die Tür auf.

»Immer«, murmle ich.

Solveigh atmet erleichtert auf, winkt dann ihrem Vater zu, ehe sie ihre Stiefel abstreift und mir in die *Stuga* folgt. Ich höre den Pick-up davonfahren, nehme Solveigh die kleine Reisetasche ab, die sie umklammert hält. Ich stelle sie hinter mir auf die Treppe, die ins Obergeschoss führt, und nehme Solveigh die Jacke ab, um sie aufzuhängen.

Als ich ihr ins Wohnzimmer folge, haben wir noch immer kein weiteres Wort gewechselt. Anders als gestern Abend bleibt sie in der Tür stehen, lässt den Blick schweifen. Scheint jedes Detail meines Zuhauses in sich aufzusaugen.

»Wie lange wohnst du schon hier?«, fragt sie zeitgleich mit meinem »Ist Filip zurückgekommen?«.

Ein Grinsen zupft an meinem Mundwinkel und ich neige den Kopf. »Seit vier Jahren und vier Monaten.«

Mehr Erklärung braucht es nicht, um in Solveighs Blick etwas aufflackern zu lassen, das ich nicht recht zuordnen kann. Aber ich merke, wie sie ihre unsichtbaren Mauern ein Stück höher zieht. Sie mag Zuflucht bei mir gesucht haben, um vor ihrem Bruder und Viktor sicher zu sein. Das bedeutet aber noch lange nicht, dass wir genau dort anknüpfen können, wo wir damals aufgehört haben.

Solveigh macht ein paar Schritte in den Raum hinein, dreht sich einmal im Kreis und bleibt dann vor dem Schreibtisch stehen. Fragend tippt sie auf das Blatt, das dort liegt. »Ähm … Der Elch hat Flügel.«

Leise lachend trete ich neben sie. Ihr unverkennbarer Duft nach Lupinen steigt mir in die Nase und ich weiß schon jetzt, dass ich ihn nie, nie wieder vergessen werde.

»Das ist nicht meine Schuld.«

Der Blick, den sie mir daraufhin zuwirft, steht für eine ganze Menge Fragen, also spezifiziere ich meine Aussage.

»Also ja, die Zeichnung ist natürlich von mir, aber meine Auftraggeberin wollte unbedingt einen Elch mit Flügeln. Und Glitzer.«

»Aha.«

Mehr fällt ihr dazu offensichtlich nicht ein, und so erkläre ich ihr, was es damit auf sich hat.

»Sie hat ein Elfen-Kinderbuch geschrieben, wollte aber kein Einhorn in ihrer Geschichte haben. Ein Elch sei authentischer für den schwedischen Wald, meinte sie. Der wiederum muss aber zum Feen-Reich passen.«

Solveigh schaut von dem geflügelten Elch zu mir und zurück. Ihr Blick ist dabei immer noch so skeptisch, dass ich nun lauter lachen muss. »So ungefähr habe ich auch geschaut, aber sie zahlt gut, also soll sie ihren Willen bekommen. Und ihre Vorstellungen sind so präzise, dass ich sie einfach nur künstlerisch umsetzen muss. Das erleichtert meine Arbeit ungemein.«

Jetzt nickt sie, zieht aber im nächsten Moment die Stirn kraus. »Sag mal, hast du auch Kaffee da? Ich hab noch nicht gefrühstückt.«

In einem schwedischen Haushalt kommt das beinahe einer Beleidigung gleich und genauso entrüstet schaue ich sie an. »Wenn ich nicht wüsste, dass du mich damit nur ärgern willst, wäre ich jetzt wirklich zutiefst gekränkt.«

Übertrieben theatralisch verdreht sie die Augen und fragt: »Heißt das jetzt Ja oder Nein?«

Kopfschüttelnd bedeute ich ihr, mir in die Küche zu folgen. »Natürlich habe ich Kaffee da. Was hältst du davon, wenn ich uns Frühstück mache und du mir dafür erzählst, was passiert ist?«, frage ich vorsichtig und zeige auf den kleinen Tisch in der Nische, damit sie sich setzt.

Sie folgt meiner Aufforderung, lässt dabei den Blick schweifen. Und meine Frage unbeantwortet.

»Funktioniert der noch?« Solveigh deutet auf den uralten Holzherd, der neben ihrem Platz aus der Wand ragt.

»Wenn man ihn braucht, funktioniert er. Bisher hatte ich im Winter Glück, was Stromausfälle betrifft«, sage ich, während ich Kaffeepulver in den Filter gebe. »Meistens hat er nicht länger als ein oder zwei Stunden angehalten, sodass ich nicht darauf kochen musste. Aber im Zweifel wäre er die beste Lösung.«

Solveigh in meiner Küche sitzen zu sehen erfüllt mich mit einer tiefen Sehnsucht. Danach, ihr frischen Kaffee bringen zu können, wann immer ich möchte. Danach, wie früher stundenlang mit ihr zu reden, diesmal ohne dauernd achtgeben zu müssen, nicht zu verraten, was ich weiß. Oder fühle.

Mein leiser Seufzer geht im Blubbern der Kaffeemaschine unter und ich mache mich daran, den Tisch zu decken. »Willst du lieber Rührei oder gekochte Eier?«, frage ich und stelle Brot und Butter, Marmelade, Honig und Milch auf den Tisch. »Irgendwo muss hier auch noch Müsli sein.«

Ich spüre Solveighs Blick im Rücken, während ich in einem der Küchenschränke wühle und schließlich eine Packung Müsli zutage fördere, die ich mit zwei Schüsseln und ein paar Äpfeln zum Rest des Frühstücks stelle.

Erst als ich eine Tasse mit dampfendem Kaffee vor ihr abstelle, registriere ich, dass sie auch auf diese Frage nicht geantwortet hat. Stattdessen betrachtet sie mich wortlos. Ihr Blick kribbelt auf meiner Haut und ich reibe mir über die Arme.

»Was ist?«, frage ich verunsichert.

Ein tiefer Seufzer entschlüpft ihr und sie schüttelt den Kopf. »So etwas hat Viktor nie für mich gemacht«, sagt sie leise.

Ich ziehe die Stirn kraus. »Was, dich bedient?«

Die Antwort darauf kenne ich so gut wie sie selbst und Solveigh lacht leise. Der Laut lässt mich lächeln.

»Das auch, aber das meine ich nicht.« Sie zeigt auf den üppig gedeckten Tisch und ich denke, wie gern ich noch eine Blume aus dem Garten für sie dazugestellt hätte. Was im Winter natürlich ganz und gar unmöglich ist.

»Frühstück gemacht. Mich gefragt, wie ich meine Eier möchte. Mir Kaffee eingeschenkt. Zuerst an mich statt an sich selbst gedacht.«

Von Wort zu Wort ist sie leiser geworden und doch trifft mich jedes einzelne bis ins Mark. Dass etwas, das für mich selbstverständlich ist, solche Gefühle in ihr auslöst. Wut über Viktor flackert in mir auf, doch ich verdränge sie eisern. Ich will die wenige Zeit, die mir mit Solveigh bleibt, nicht mit negativen Gedanken an meinen ehemals besten Freund verschwenden.

Stattdessen deute ich auf den Eierkarton, den ich auf der Küchenzeile abgestellt habe. »Also, wie hättest du sie jetzt gern?«

Achtes Kapitel

Das Frühstück bei Yorick ist das beste, das ich je gegessen habe. Nicht nur, weil ich alle Zeit der Welt habe, sein Rührei zu genießen, sondern vor allem, weil diese innere Anspannung der letzten Tage Stück für Stück von mir abfällt. Ja, ich bin immer noch tief verletzt darüber, dass Yorick damals einfach verschwunden ist und seine noch auf mich wartende Erklärung macht mich nervös. Und doch fühlt es sich in manchen Momenten beinahe an wie früher, wenn wir gemeinsam der einengenden Anwesenheit Viktors oder seiner Familie entflohen sind.

»Was hast du denn so gemacht, seit wir uns das letzte Mal gesehen haben?«, frage ich mit halbvollem Mund und mustere ihn aufmerksam, in der Hoffnung, endlich Antworten auf Jahre alte Fragen zu bekommen.

Yorick hebt vage eine Schulter.

»Dies und das. Ich habe mich in die *Stuga* zurückgezogen und schnell festgestellt, dass ich hier die nötige Ruhe habe, um aus meiner Leidenschaft fürs Zeichnen einen Beruf zu machen.«

Die Gabel mitten in der Luft, halte ich inne. Ist das sein Ernst? Er verschwindet sang- und klanglos, um nie wieder aufzutauchen, und versteckt sich die ganze Zeit hier? Ehe ich auch nur ein Wort herausbringe, fährt er fort.

»Nach ein paar Monaten ist mir dann bewusst geworden, dass die *Stuga* wirklich nur als Sommerhaus taugt. Als Kind war ich ja nur in den warmen Monaten hier, daher war mir das nie so bewusst. Also habe ich angefangen, alles so umzubauen, dass ich das ganze Jahr über bequem hier wohnen kann.« Er lässt den Blick durch die Küche schweifen. »Als Erstes habe ich den alten Herd wieder in Gang gesetzt, damit ich im Fall der Fälle wenigstens kochen kann. Nach und nach habe ich mich dann um den Rest gekümmert.«

Mit einem leisen Klappern lege ich die Gabel auf meinem Teller ab. Yorick deutet darauf und legt den Kopf schief.

»Möchtest du noch was?«

»Nein danke.« Ich fixiere ihn mit zusammengekniffenen Augen, versuche, in seinem Gesicht zu lesen. *Was redet er da?* Small Talk war noch nie seine Stärke und ich spüre doch, dass so viel mehr hinter all dem steckt. »Du hattest nie vor, mich wieder in dein Leben zu lassen, oder?«

Treffer, denke ich, als sich Yoricks Blick kaum merklich verändert. Wehmut tritt in seine Augen und sein eben noch so warmes Grinsen wirkt eingefroren.

»Es war schon immer schwer, vor dir etwas geheim zu halten«, flüstert er heiser.

Seine Worte treffen mich. Denn genau das tut er, seit Jahren. Was habe ich getan, dass er mich nicht nur verlassen, sondern sich auch noch so lange vor mir versteckt hat? Ich schlucke und halte Yorick auffordernd meine Tasse hin.

»Kriege ich noch einen Kaffee?«, frage ich tonlos.

Er nickt unsicher und sein Stuhl scharrt über den Boden, als er aufsteht. Mit der Kaffeekanne kehrt er zurück, füllt unsere Tassen und sieht mich schließlich fragend an.

»Willst du mir erzählen, was genau mit Viktor passiert ist? Oder ignorieren wir den Elefanten im Raum noch für eine Weile?«

Ich seufze. Tief. Schließlich stehen hier mindestens zwei Elefanten. Zwei Elefanten, die einfach zu viel sind für einen so kleinen Raum. Und obwohl ich spüre, dass uns seiner noch für eine Weile Gesellschaft leisten wird, kann auch ich nicht aus meiner Haut. Auch wenn mir bewusst ist, dass mir früher kaum etwas so geholfen hat, wie mit Yorick zu reden. Eines ist noch sicherer: Wir sind nicht mehr die, die wir einmal waren.

»Nein. Gerade nicht«, murmle ich.

»Okay.« Er räuspert sich und schaut in seine Tasse, ehe er sich sichtlich einen Ruck gibt und mir wieder den Blick zuwendet. »Dann trinken wir einfach Kaffee, sprechen über irgendetwas Unverfängliches und später würde ich gern kurz einkaufen fahren. Wir brauchen noch ein paar Vorräte. Wie klingt das?«

Mehr als ein weiteres Nicken bringe ich nicht zustande. Und doch fällt tatsächlich noch ein weiteres Stückchen Anspannung von mir ab.

Die nächste halbe Stunde reden wir erstaunlich gelöst über seine Arbeit und meinen Alltag im Buchladen, trinken noch mehr Kaffee und umschiffen geschickt alle Themen, über die wir im Moment nicht reden wollen. Oder können. Es ist seltsam, wie vertraut einem jemand noch sein kann, dem man doch gar nicht mehr wirklich vertraut. Dann reißt mich das Klingeln meines Handys aus dem Gespräch. Ein Blick in Viktors lächelndes Gesicht auf dem Display genügt, dass Gänsehaut wie eine langbeinige Spinne meine Arme hinaufkrabbelt.

»Soll ich?«, fragt Yorick und deutet auf das Smartphone, das durch die Vibration auf dem Tisch herumhüpft.

Vehement schüttle ich den Kopf. Viktor braucht nicht zu wissen, wo ich bin. Solange ich es geheim halten kann, brauche ich mich weder ihm noch Filip in Person stellen.

»Wird schon nicht so schlimm sein«, sage ich leise, schiebe mich an Yorick vorbei und gehe ins Wohnzimmer, ehe ich das Gespräch annehme. »Was willst du, Viktor?«, frage ich mit so wenig Emotionen wie möglich in der Stimme.

»Ich will wissen, wie es dir geht? Wann kommst du nach Hause?«

Ungläubig nehme ich das Handy vom Ohr und starre sekundenlang auf das Display. Ist das sein Ernst?

»Was an unserem letzten Gespräch ist nicht bis zu dir durchgedrungen, Viktor?«

»Solveigh, ich vermisse dich so schrecklich! Ohne dich ist alles so leer hier«, säuselt er.

Mir wird übel von seinen Worten und ich schlucke krampfhaft gegen das Bedürfnis, mich zu übergeben, an.

»Nein.«

Ein Wort, in das ich all meine Wut, meine Enttäuschung und auch den Schmerz über seinen jahrelangen Betrug an mir lege. Doch Viktor scheint all diese Emotionen nicht zu bemerken. Wie erwartet.

»Ach, komm schon, du hattest doch jetzt ein paar Tage. Paola ist Geschichte, es war ein einmaliger Ausrutscher. Völlig bedeutungslos. Und alles andere war nichts. Niemand kommt an dich heran, Baby. Du fehlst mir so sehr.«

Nun muss ich doch würgen. Yorick streckt den Kopf durch die Küchentür und sieht mich an. Ich drehe mich zum Fenster, um seinem fragenden Blick auszuweichen. Im nächsten Moment höre ich, wie sich die Tür leise wieder schließt.

»Viktor, hör auf. Es wird nicht funktionieren. Du hast mich betrogen, tust das seit Jahren. Auch wenn ich es bisher nicht wahrhaben wollte, jetzt kann ich nicht mehr wegsehen. Vielleicht findest du irgendwann eine Frau, die mit all dem problemlos klarkommt. Ich bin es nicht.« Mit diesen Worten beende ich das Gespräch, schalte das Handy stumm und lege es neben den Fernseher auf das Sideboard. Mein Atem geht schnell, ich kann nicht glauben, dass ich das gerade wirklich zu Viktor gesagt habe. Dass es sich anfühlt, als habe ich ihn nach all den Jahren wirklich verlassen.

Yorick öffnet die Tür zwischen Küche und Wohnzimmer und lächelt mich schief an. Er lehnt sich mit einer Schulter in den Türrahmen, hat die Arme verschränkt und die Beine an den Knöcheln gekreuzt. Sein Haar hängt ihm wirr ins Gesicht und für einen kurzen Moment werde ich vier Jahre zurückversetzt. In die Zeit, als unsere Freundschaft noch nicht zerbrochen war.

»Wie schaut's aus, hast du Lust, mich zu Emma zu begleiten? In ihrem Gemischtwarenladen hat man das Gefühl, achtzig Jahre in die Vergangenheit zu reisen. Es wird dir gefallen.«

Die Aussicht auf Ablenkung klingt so verlockend, dass ich sofort zustimme.

»Gib mir zehn Minuten, dann bin ich so weit.«

Emmas Laden ist ganz genau so, wie ich ihn mir vorgestellt habe. Es gibt eine hölzerne Theke, der man die vielen Jahrzehnte ansieht, ohne dass sie schmuddelig wirkt. Dahinter ziehen sich die Regale bis an die Decke und jede noch so kleine Nische ist von Sachen besetzt. Hier gibt es alles, was es in einem modernen Supermarkt auch gibt, aber das Ambiente ist so ganz anders. Was nicht zuletzt an Emma liegt. Schon beim Betreten des Ladens hat sie mich so herzlich begrüßt, als würden wir uns seit Jahren kennen.

Yorick steht Emma an der alten Registrierkasse gegenüber und unterhält sich mit ihr, in seinem Rücken ziehen sich noch ein paar Reihen mit niedrigen Regalen durch den Laden. Auch dort stapeln sich die Waren, Konservendosen türmen sich an den Enden. Die Wand dahinter wird komplett von Kühlschränken eingenommen, was dem Flair des Ladens aber keinen Abbruch tut.

Als mein Blick auf einen Korb mit Kartoffeln fällt, kommt mir ein Gedanke. Yorick hat mir gesagt, ich solle einpacken, was mir schmeckt. Um mich für das Frühstück und den Unterschlupf, den er mir gewährt, zu revanchieren, beschließe ich, ihm am Abend *Köttbullar* nach Rikas Rezept zu machen. Also hänge ich mir einen der Weidenkörbe, die den Kunden als Einkaufshilfe dienen, über den Arm und beginne damit, alle Zutaten hineinzulegen. Hackfleisch, Kartoffeln, Zwiebeln wandern hinein, außerdem ein Karton Eier und ein Bund Petersilie. Als mein Korb bis zum Rand gefüllt ist, stelle ich mich neben Yorick.

»Hast du schon alles?« Seine Augen strahlen mich an. Wie lange habe ich dieses Leuchten nicht mehr gesehen?

Aus dem Nichts rührt sich so ein winziges Flattern im Bauch und ich räuspere es schnell weg. Es erinnert mich an etwas, woran ich in Yoricks Nähe noch nicht einmal denken will.

»Ja, ich hab mir überlegt, ich bekoche dich heute Abend. Als Dankeschön«, füge ich leise hinzu und Yoricks Lächeln wird noch breiter. Wenn das überhaupt möglich ist.

Emma wirft einen Blick in meinen Korb, während Yorick nun seinerseits eine Runde durch den Laden macht. »*Köttbullar*?«, fragt sie und zwinkert mir zu.

Lächelnd bejahe ich ihre Frage. »Nach einem alten Familienrezept.«

Emma lächelt zurück, dreht sich um und lässt ihren Blick kurz über das Regal hinter sich schweifen. »Ah, da ist es ja.« Sie greift nach einem Glas und stellt es vor mir auf der Theke ab. »Preiselbeermarmelade, nach dem Geheimrezept meiner Großmutter.«

»Die wird perfekt dazu passen«, sage ich und sehe mich nach Yorick um. Auch er hat inzwischen einen Korb gefüllt und Emma beginnt damit, alles in ihre Kasse einzutippen.

Während sie jeden einzelnen Preis aus dem Gedächtnis eingibt, unterhält sie sich weiterhin angeregt mit uns, nickt neuen Kunden zu oder ruft einem alten Mann im hintersten Eck etwas zu.

In diesem Moment beschließe ich, in Zukunft immer hier einkaufen zu gehen, auch wenn ich vom Hof aus ein bisschen länger werde fahren müssen. Aber auf Emma und ihren kleinen Laden will ich keinesfalls mehr verzichten.

Erst als Yorick alle Einkäufe in einer braunen Papiertüte verstaut, bemerke ich, dass er den Einkauf längst bezahlt hat.

»Das hätte ich doch übernommen«, sage ich leise zu ihm. Und ernte ein Kopfschütteln.

»Ich träume schon so lange davon, dich zum Essen einzuladen«, sagt er mit einem vorsichtigen Lächeln.

»Ich wollte doch für dich kochen«, bringe ich mühsam hervor und wünschte, seine unerwartete Antwort würde mich nicht so aus dem Konzept bringen.

»Eben. Du kochst, also zahle ich die Einkäufe. So habe ich trotzdem das Gefühl, dich einzuladen.«

Seine Logik war schon immer bestechend und so zucke ich nur mit den Schultern, verabschiede mich herzlich von Emma und folge Yorick auf die belebte Straße hinaus.

Kurz blicke ich mich um, nehme alles in mich auf. Die bunten Holzhäuschen, die dicht an dicht die gepflasterte Straße säumen. All die kleinen Läden, die hier schon jahrzehntelang die Menschen mit allem Nötigen versorgen. Weiter hinten die winzigen Vorgärten, die von weiß gestrichenen Holzzäunen begrenzt werden.

»Wie aus der Zeit gefallen«, murmle ich und ernte ein zustimmendes Brummen.

»Es gibt hier alles, was man braucht. Und dort vorn«, fährt er fort und deutet auf ein grün-grau gestrichenes Haus, »gibt es im Sommer das beste Eis weit und breit.«

In seiner Erklärung schwingt eine unausgesprochene Frage mit, die ich ihm nicht beantworten will. Zumindest nicht jetzt. Vielleicht tue ich das, wenn er sie mir im Sommer noch mal stellt.

Neuntes Kapitel

Mit geübten Handgriffen bereitet Solveigh die *Köttbullar* zu. Ich liebe die typisch schwedischen Fleischbällchen, ganz besonders, wenn meine Schwester sie macht. Solveigh dabei zuzusehen, wie sie mit allen Zutaten hantiert, als würde sie das jeden Tag machen, hat noch mal eine ganz eigene Faszination an sich.

»Kannst du noch etwas Salz dazugeben?«

Mit einem Kopfschütteln reiße ich mich aus der Starre, in die ich beim Betrachten gefallen bin. Ich greife nach dem Salzstreuer und schüttle ihn so lange über der Fleischbällchen-Masse, bis Solveigh die Hand hebt.

»Danke, das sollte reichen. Jetzt fehlt noch die Kartoffel. Würdest du …?« Mit dem Kinn deutet sie auf eine große gekochte und bereits geschälte Kartoffel. Dunkel erinnere ich mich, dass in Liljas Rezept auch Kartoffeln vorkommen.

»Gehören die da immer rein?«

Sie zuckt mit den Schultern, während sie weiter knetet. »Bei mir schon. Bei Rika auch und meine Uroma hatte sie auch drin. Eine Prise Pfeffer noch, bitte.«

Ich streue sie hinein, und als Solveigh damit beginnt, Bällchen zu formen, kann ich meinen Blick nicht von ihren

Bewegungen losreißen. Die Art und Weise, wie sie die Hackfleischmasse sanft zwischen ihren Händen zu einer perfekten Kugel formt, wirkt auf mich unerklärlicherweise sexy. Meine Gedanken schweifen in eine Richtung ab, aus der ich sie ganz schnell wieder zurückholen muss.

Kurz schließe ich die Augen, ehe ich Solveigh auf eines der Themen anspreche, die mir unter den Nägeln brennen. »Was hat Filip …« Weiter komme ich nicht.

»Kannst du bitte schon mal die Pfanne auf den Herd stellen und Butter reingeben? Dann kann ich die hier gleich anbraten.«

Aha. Offensichtlich sind Filip und Viktor als Gesprächsthemen immer noch tabu. Ich stelle die Pfanne auf eine der vorderen Herdplatten, schalte sie an und gebe ein großzügiges Stück gesalzener Butter hinein. Als sie geschmolzen ist, legt Solveigh vorsichtig ein Fleischbällchen nach dem anderen ins Fett. Zischelnd liegen sie dicht an dicht und verströmen ein Aroma von Heimat und Geborgenheit.

Während der ganzen Zeit sagt sie kein Wort. Erst als sie ihre Hände abgespült und Wasser in die Schüssel gefüllt hat, wendet sie sich wieder mir zu.

»Möchtest du lieber Kartoffelbrei oder Bandnudeln dazu? Die Nudeln sind zwar nicht traditionell, aber ich esse *Köttbullar* gern dazu.«

»Gegenfrage: Gibt es *Brunsås*?«

Solveigh hebt die Augenbrauen und stemmt ihren Arm in die Hüfte. »War die Frage ernst gemeint?«

Mein Grinsen quittiert sie mit einem Augenrollen und holt die Stielkasserolle für die Soße heraus.

»Bandnudeln«, entscheide ich und hole eine Packung aus der Speisekammer.

Kaum zehn Minuten später köchelt die Soße vor sich hin und das Nudelwasser ist bereit. Die *Köttbullar* riechen so intensiv, dass ich sie allein dadurch schon auf der Zunge schmecken kann.

»Du scheinst Emma gut zu kennen.«

Ich mustere sie von der Seite und frage mich, ob sie das Gespräch auf unseren Einkauf lenkt, um meinen Fragen weiter ausweichen zu können. Vielleicht fällt es mir aber auch nur auf, weil ich dankbar bin, dass sie nicht nach meinen Antworten fragt.

»Ja, ich kaufe dort ein, seit ich hier wohne. Emma ist die gute Seele von Älghult. Wenn man etwas wissen will, geht man zu ihr, wenn einem was auf der Seele brennt, auch. Sie hat immer ein offenes Ohr und einen guten Rat, wenn man ihn denn möchte.«

Solveigh lächelt und wendet die *Köttbullar* in der Pfanne. »Das klingt wie Rika. Als Pappa sie nach Mammas Tod kennengelernt hat, war mir auf Anhieb klar, dass sie die gute Seele des Hauses werden wird. Sie hat immer einen Rat für mich gehabt, egal um was es ging. Es mag abgedroschen klingen, aber dank ihr habe ich Mamma irgendwann nicht mehr so schrecklich vermisst.«

Ihr fällt eine vorwitzige Haarsträhne in die Stirn und ich hebe die Hand. Zögere, nicht wissend, ob sie es zulässt, dass ich sie ihr wieder hinter das Ohr streiche. Sie schluckt sichtbar, weicht aber nicht zurück. Und so wagen sich meine Finger in ihr weiches Haar. Selbst diese winzige Berührung lässt meine gesamte Haut kribbeln, ausgehend von meinem

Zeigefinger, der dabei Solveighs Ohr berührt hat. Sie hat sich keinen Millimeter bewegt, steht still wie ein Stein. Als wäre selbst dieser kurze Hautkontakt zu viel gewesen.

Ich trete einen Schritt zurück, gebe ihr Raum. Erst als ich die Teller aus dem Regal nehme und damit beginne, den Tisch zu decken, rührt sie sich wieder. Innerlich aufatmend beende ich meine Aufgabe und keiner von uns sagt noch ein Wort, bis wir am Tisch sitzen und Solveigh unsere Teller füllt.

Der herzhafte Duft von gebratenem Fleisch mischt sich mit dem würzigen Aroma der Soße und mir läuft das Wasser im Munde zusammen. Ich schenke uns jedem ein Glas Rotwein ein, ehe ich ein Fleischbällchen aufspieße.

Beim ersten Bissen explodiert ein wahres Geschmacksfeuerwerk auf meiner Zunge. Sämtliche Aromen vermischen sich zu einem Potpourri, kitzeln meine Zunge, schmeicheln meinem Gaumen.

»Das sind die besten *Köttbullar*, die ich je gegessen habe«, nuschele ich mit vollem Mund. Und ich weiß in dem Moment so sicher, wie Odin in Walhalla weilt, dass ich in meinem ganzen Leben auch nie wieder bessere essen werde. Sie grinst mich über die Gabel hinweg an, die sie gerade in den Mund schieben wollte. »Und das will was heißen. Bis gerade dachte ich nämlich, die macht meine Schwester.«

Ich erwidere ihr Grinsen und spüre ein Ziehen in der Herzgegend. *Sehnsucht*, stelle ich fest. Sehnsucht nach genau solchen Momenten mit ihr.

Vor meinem inneren Auge blitzen laue Sommerabende auf, die wir zu dritt in Viktors Garten verbracht haben, wenn er früher Feierabend hatte. Ich erinnere mich an Winterabende, die wir vor dem Kamin verbracht haben – sie lesend in Viktors Arm gekuschelt, ich zeichnend. Nur danach, dass ich damals meine Gefühle komplett unter Verschluss gehalten habe, es musste, danach sehne ich mich nicht.

Und dann sind da plötzlich auch diese anderen Bilder …

Um mich von den Erinnerungen und dem, was ich ihr immer noch verschweige, abzulenken, trinke ich einen Schluck Wein. Dann fixiere ich Solveigh mit forschendem Blick.

»Was genau ist denn jetzt eigentlich zwischen dir und Filip passiert?«

Sie seufzt tief, trinkt ihrerseits einen Schluck Wein, einen deutlich größeren als ich, und stochert dann auf ihrem Teller herum. »Gestern oder heute früh?«

Ich verschlucke mich an meinem nächsten Schluck Wein. »Heute war er wieder da?«

Solveigh schließt kurz die Augen. Und dann tut sie es wirklich, wenn auch zögerlich und leise – endlich beginnt sie, mit mir über das zu reden, was sie beschäftigt.

»Filip kam gestern Mittag zu uns nach Hause, als Rika und Pappa einkaufen waren. Er war betrunken, auf Krawall gebürstet und irgendwie auch ziemlich durch den Wind. Mir war klar, dass irgendetwas nicht stimmt, denn er kommt nie zu Pappa auf den Hof, außer er will etwas von ihm. Meistens Geld.«

Sie trinkt noch einen Schluck und starrt dann aus dem Fenster in die Dunkelheit. Ich lege mein Besteck ab, um ihr meine volle Aufmerksamkeit zu schenken.

»So ähnlich war es auch diesmal. Nur dass er nicht nach Pappa gesucht hat, sondern nach mir. Aber um Geld ging es trotzdem.«

Ein verächtliches Schnauben entweicht ihr. Ich werde unruhig, denn ich beginne zu ahnen, was passiert ist. Am liebsten würde ich sie in den Arm nehmen, um sie zu trösten.

»Er wollte sich deine Verbindung zu Viktor zunutze machen, oder?«, frage ich leise.

Solveigh wiegt den Kopf hin und her. »Das hat er längst getan. Viktor hat ihm augenscheinlich Geld geliehen. Wie damals bei Pappa, als es dem Hof so schlecht ging.«

Sie schüttelt sich. Innerlich tue ich es ihr gleich.

»Filip ist der Überzeugung, wenn ich nicht zu Viktor zurückkehre, wird sein Darlehen fällig. Das kann er sich nicht leisten und er meint, es würde ihn ruinieren. Laut ihm muss ich weiter Viktors Bett wärmen, damit mein Bruder sein Leben wie bisher weiterleben kann.«

Zischend atme ich ein. Was sie damit andeutet, setzt ein Brennen in meiner Kehle frei, das sich bis in mein Innerstes frisst. Ich nehme ihre Hand in meine, ein stummes *Ich bin für dich da.*

»*Fan!* Das ist nicht sein Ernst?«

Traurig nickt Solveigh. Ihre Hand zittert kaum merklich, doch sie zieht sie nicht weg. Also halte ich sie etwas fester und streiche ihr beruhigend mit dem Daumen über den Handrücken.

»Was ist dann passiert?«

In ihren Augen schimmern ungeweinte Tränen, als sie zu mir sieht. Der Anblick tut mir in der Seele weh. Wäre ich damals nicht einfach verschwunden, hätte ich es irgendwie über mich gebracht, den Kontakt zu halten, wäre ich für sie da gewesen, als sie ihren besten Freund am dringendsten brauchte. Jetzt, wenn ich sie so vor mir sehe, könnte ich mich ohrfeigen dafür, sie im Stich gelassen zu haben.

»Ich habe ihm erklärt, dass ich nicht glaube, dass ich zu Viktor zurückkehre, woraufhin er … erst panisch und dann handgreiflich wurde.«

Nun weicht sie meinem Blick aus und zieht ihre Hand zurück. Sie versteckt sie unter dem Tisch, senkt den Blick.

»Hat er …« Ich muss mich räuspern, um mir meinen Gefühlsaufruhr nicht anmerken zu lassen. Wie sehr ich ihren Bruder für das verachte, was er ihr abverlangt hat. »Hat er dir was getan?« Ob ich die Antwort darauf wirklich hören will, weiß ich allerdings selbst nicht.

»Emotional mehr als körperlich. Er ist der Meinung, dass ich es ihm schuldig bin, vor Viktor zu Kreuze zu kriechen und zu ihm zurückzukehren.« Die Fassungslosigkeit über diese ganze absurde Situation steht ihr ins Gesicht geschrieben. »Dann bin ich vor ihm weggelaufen, einfach in den Wald. Bis ich keine Ahnung mehr hatte, wo ich war.« Sie hebt den Kopf und sieht mich an, ihre Augen sind kalt und ihr Blick hart.

Meine Hand ballt sich zur Faust und ich schlucke den Fluch, der mir auf der Zunge liegt, hinunter.

»Heute Morgen stand er wieder auf der Matte. Wenn ich zu Hause bliebe, würde er genau dort weitermachen, wo er aufgehört hat. So lange, bis ich nachgebe.«

Ihr Ausdruck wird weicher. Sie lächelt, ganz leicht nur, aber ich erkenne es in ihren Augen. Der Sturm in meinem Innern lässt nach, langsam atme ich ein und aus.

»Deshalb habe ich Pappa gebeten, mich herzufahren. Danke, dass ich eine Weile hier sein kann, weit weg von all dem.« Sie spießt ein Fleischbällchen auf die Gabel und verspeist es genüsslich. »Kalt sind sie fast noch besser«, sagt sie.

Lachend verputze ich die restlichen drei auf meinem Teller und gebe ihr mit einem Nicken recht.

Ein paar Minuten sitzen wir schweigend da, während Solveigh ihren Teller leert. Erst als nichts mehr übrig ist, stelle ich die zweite Frage, die ich noch dringender beantwortet haben will als die erste. Weil sie indirekt auch mich betrifft.

»Erzählst du mir auch von Viktor?«

Ich will die Details hören. Ich will wissen, ob er sich in den letzten Jahren in irgendeiner Weise geändert hat. Ob *ich* durch mein Verschwinden irgendetwas ändern konnte. Zumindest irgendetwas auch zum Guten.

Schweigend hält sie mir ihr Weinglas hin und ich gieße nach. Anschließend fülle ich mein eigenes Glas. Eine ganze Weile betrachtet Solveigh mich, als würde sie nach den richtigen Worten suchen. Dabei spielt es für mich keine Rolle, wie sie mir alles erzählt. Nur dass sie es endlich tut, ist mir wichtig. Um ihr zeigen zu können, dass sie in mir immer noch den Freund findet, der ich einst für sie war. Der ihr seine Schulter zum Anlehnen und seine Arme als Trost leiht. Und wenn ich ganz ehrlich bin, auch ein Stück weit, um herauszufinden, wo sie steht. Und irgendwann vielleicht auch wir.

»Normalerweise feiere ich den Luciatag abends immer gemeinsam mit Rika und Pappa. Viktor weiß, dass es der einzige Tag im Jahr ist, den ich wirklich zu Hause verbringen will. Zumal es der Kompromiss für Heiligabend war, den ich immer bei den Forsbergs verbringe.«

Ihre Stimme ist so leise, dass ich mich ein Stück zu ihr hinüberbeugen muss, um alles zu verstehen. Ich erinnere mich, dass sie diesen Kompromiss mit Viktor ausgehandelt hat, als sie das erste Mal Weihnachten zusammen mit ihm und seiner Familie verbracht hat.

»Lass mich raten: Er hatte andere Pläne für den Abend?«

Solveighs Blick sagt alles. Sie muss es nicht aussprechen, ich weiß auch so, dass Viktor die Abmachung nicht eingehalten hat.

»Er hat klargemacht, dass ich zu diesem Kunden-Abendessen erscheinen sollte. Du weißt, wie er das macht. Er bittet und bettelt, bis man kaum anders kann. Wenn man dennoch versucht, sich dagegen zu wehren, zeigt er einem tagelang die kalte Schulter und man muss ihn wieder besänftigen. Als Alma erfahren hat, dass ich nicht fürs Luciafest zu Hause sein werde, hat sie mir früher Feierabend gegeben, damit ich noch ein bisschen Zeit für mich habe. Um mich auf den bevorstehenden Abend vorzubereiten.«

Die *Köttbullar* liegen mir mit einem Mal schwer im Magen.

»Ich habe mich so auf eine entspannende Dusche gefreut. Aber als ich ins Schlafzimmer kam …«

Der Klumpen in meinem Magen verdichtet sich und ich merke, wie sich mein Kiefer vor Wut verspannt. Zum zweiten Mal an diesem Abend greife ich nach ihrer Hand und meine zu spüren, dass dieses Mal sie es ist, die meine leicht drückt. Als suche sie tatsächlich Halt. Bei mir.

»Du hast ihn in flagranti erwischt, oder?«, frage ich leise, auch wenn ich die Antwort darauf längst ahne.

Schmerz flackert in ihrem Blick auf, als sie nickt. »Ja.«

Dieses eine Wort vereint so viele Gefühle in sich, dass mein Herz wehtut. Schmerz, Wut, Abscheu. Doch hinter diesem Seitensprung steckt noch mehr, das spüre ich.

»Mit wem war Viktor im Bett, Solveigh?«

Sie holt tief Luft und will mir ihre Hand entziehen, doch ich halte sie sanft fest.

»Mit wem?«

Zehntes Kapitel

»Mit Paola«, flüstere ich. »Seiner besch… Seiner Stiefmutter.«

Yoricks Augen weiten sich. Seine Hand, die meine
immer noch festhält, verstärkt den Druck. Seine Berührung erdet mich und dieses Gefühl erinnert mich daran,
was er mir einst bedeutet hat.

»Mit seiner Stiefmutter?«, wiederholt Yorick und klingt
dabei, als hätte ich ihm erzählt, der König dankt ab.

Ich drehe meine Hand so, dass ich meine Finger mit seinen verschränken kann. In Gedanken bin ich schon wieder
mitten in dieser absurden Situation und ich brauche jetzt
einen Anker, der mich davon abhält, in Selbstmitleid und
Selbstvorwürfe abzudriften. Mein Blick haftet auf unseren
Händen, in meinem Innern breitet sich ein warmes Gefühl
der Geborgenheit aus.

Da fällt mir ein Tattoo an seinem linken Handgelenk
auf, es zeigt drei ineinander verschlungene Dreiecke, die von
Rissen durchzogen scheinen. Er muss es sich stechen lassen
haben, nachdem er aus meinem Leben verschwunden ist.

»Ich hab schon so ein komisches Geräusch gehört, als
ich in die Wohnung kam, hab es aber auf unsere ächzenden

Balken geschoben, die im Winter ja oft so klingen. Als ich dann ins Schlafzimmer ging …«

Ein Schauer läuft mir über den Rücken, vor Ekel und vielleicht auch vor Scham, es nicht früher bemerkt zu haben. Das Bild zweier verschwitzter, sich in Seidenlaken räkelnder Körper hat sich so tief in mein Gedächtnis eingegraben, dass ich mir sicher bin, es nie wieder loszuwerden.

»Die Geräusche, die die beiden gemacht haben, kann ich immer noch hören«, murmle ich und trinke hastig einen Schluck Wein, um die Galle daran zu hindern, meinen Hals hinaufzukriechen.

Yorick hat bis auf seine Frage bisher kein einziges Wort von sich gegeben und ich wage einen Blick in seine Richtung. Auf seinem Gesicht spiegeln sich die unterschiedlichsten Emotionen wider. Die deutlichste davon ist Zorn.

»Was hat er gesagt?« Yoricks Stimme klingt eher wie ein Knurren und lässt mein Herz einen Takt schneller schlagen.

Ich lache verächtlich, ehe ich antworte. »Im ersten Moment?«

Yorick nickt.

»Nichts, weil er mich nicht bemerkt hat. Erst als ich fast auf seinen Teppich gekotzt habe, hat er … aufgehört. Er sah aber eher genervt aus, weil ich ihn unterbrochen habe.«

Sein Daumen streicht unentwegt über meinen Handrücken und hält mich so im Hier und Jetzt, sodass ich nicht zu tief in meinen Erinnerungen und dem Schmerz versinken kann. Dabei tut das, was ich Yorick erzähle, im Nachhinein beinahe noch mehr weh als in der Situation selbst. Aber ich spare kein Detail dessen aus, was danach in unserer Wohnung passiert ist. Als ich geendet habe, fühlt sich meine Hand fast taub an, so fest hält Yorick sie umklammert.

Für einen Moment schließt er die Augen und atmet tief durch, ehe er sie loslässt. Er fährt sich durch die Haare und schüttelt unentwegt den Kopf.

»Dieses verdammte Arschloch.«

Seine Zähne sind so aufeinandergepresst, dass der Fluch beinahe nicht hindurchpasst. Aber sein Blick sagt alles.

»Ich hoffe, er schmort dafür in *Naströnd*«, sagt er rau.

Meine Mundwinkel zucken. Viel weiß ich von der Mythologie der alten Götter nicht, aber meine Urgroß-mutter hat mich immer vor *Naströnd*, der Hölle *Helheims*, gewarnt.

»Ich dachte, nur Mörder und ähnlich niederträchtiges Gesindel landen dort?«

Yoricks Nasenflügel blähen sich und er hebt eine Augenbraue. »Eben.«

Seine Reaktion entlockt mir ein leises Lachen und ich merke, wie etwas von der Anspannung der letzten Minuten von mir abfällt.

Wenn ich ehrlich zu mir bin, hatte ich Angst, ihm von Viktor und Paola zu erzählen. Schließlich waren Viktor und Yorick mal die besten Freunde. Seit der Schulzeit waren sie quasi unzertrennlich, haben mich irgendwann in ihre Mitte genommen. Wurden zu meiner Liebe und meinem besten Freund, ohne dass sie mir je das Gefühl gegeben haben, mich dazwischen gedrängt zu haben.

»Weißt du, was mir am allerwenigsten in den Kopf will?«, frage ich.

»Warum Paola?«, rät Yorick.

»Ja. Das ist so …« Mir fallen beim besten Willen keine Worte dafür ein. »Warum hat er sich gerade seine Stiefmutter ins Bett geholt? Weil sie willig und verfügbar war? Weil er seinem Vater eins auswischen wollte?«

Diese Frage nagt noch immer mehr an mir, als ich mir bisher eingestehen wollte.

Yorick hebt die Schultern, lässt sie mit einem Seufzen wieder fallen. »Das kann nur er beantworten. Hast du ihn gefragt?«

Verlegen beiße ich mir auf die Unterlippe. »Nein«, gebe ich zu.

Yorick legt den Kopf schief und lächelt mich mitfühlend an. »Wie wäre es mit einem weiteren Glas Wein vor dem Kamin und du erzählst mir den Rest?«

Vielleicht sind es nur die eben zum Leben erwachten Erinnerungen an den Yorick von damals, vielleicht ist es auch seine Reaktion von heute. Aber etwas in mir will wirklich mit ihm über all das reden, was mein Herz noch so schwer macht. Also nicke ich und Yorick drückt mir unsere Gläser in die Hand, schnappt sich die Weinflasche und zieht mich behutsam mit sich ins Wohnzimmer. Er stellt die Flasche auf den Holzdielen ab, geht vor dem Kamin in die Hocke, legt Holz nach und deutet dann auf das Sofa.

Ich ignoriere seine Geste und lasse mich im Schneidersitz auf dem Boden nieder. Auffordernd hebe ich die leeren Gläser und Yorick setzt sich zu mir und schenkt uns ein.

»Ich bin zu Alma geflüchtet, bin dort über Nacht geblieben. Viktor kam mir zwar nach, aber ich habe mich geweigert, mit ihm zu reden. Stattdessen habe ich ihm meinen Kaffee über den Kopf gekippt.«

Yorick bricht in schallendes Gelächter aus. Es klingt auf eine Weise vertraut, dass ich lächeln muss.

»Ich kann mir so richtig vorstellen, wie er geflucht hat«, sagt er.

Bei der Erinnerung muss ich sogar ein bisschen grinsen. »O ja. Er ist erst verschwunden, als die Nachbarn ihn lautstark dazu aufgefordert haben.«

Nach einem Schluck Wein erzähle ich Yorick alles, was zwischen meiner Kaffee-Attacke und meiner Flucht vor Filip passiert ist. Er kommentiert die Vorkommnisse mal mit einem Knurren, mal mit einem Kopfschütteln, aber er unterbricht mich nicht. Als ich geendet habe, ist meine Kehle rau und meine Seele so viel leichter. Es ist wie früher, als ich mich an Yoricks Schulter ausheulen konnte, wenn mir wieder alles zu viel wurde. Auch damals war er immer für mich da, hat mir bis zum Ende zugehört und mir mit wenigen Worten gezeigt, dass ich auf ihn zählen kann. Bis zu dem Tag, an dem er ohne ein einziges Wort aus meinem Leben verschwand.

Für einen Moment betrachte ich sein Profil im Schein der züngelnden Flammen, ehe er sich mir zuwendet.

»Was ist?«, will er wissen.

»Yorick«, beginne ich unsicher, doch ich muss es wissen. »Wieso bist du damals gegangen?«

Kurz meine ich zu sehen, wie er ein wenig zusammenzuckt. »Komm«, murmelt er dann, »ich bring dich ins Bett.«

»Was?«, frage ich ungläubig.

»Wir sind beide müde. Jetzt ist nicht der richtige Zeitpunkt, um ...«

»Wann ist denn dann bitte der richtige Zeitpunkt?«

Hilflos hebt er die Schultern. »Ich weiß es nicht. Ich weiß nur, dass dieser Abend für uns beide schon emotional genug war. Jetzt noch ... *darüber* zu reden ...«

Er dreht sein Weinglas am Stil zwischen Daumen und Zeigefinger hin und her, starrt wieder in die Flammen.

»Du *willst* es mir gar nicht sagen, oder? Hat es was mit eurem Streit zu tun?«, wage ich mich vor und diesmal bin ich mir sicher, dass er zusammenzuckt.

Der Blick, den er mir zuwirft, kann ich kaum deuten. Schmerz? Angst? Schuld? Jedenfalls keine Antwort auf meine Frage. Wütend schließe ich die Augen, schlucke meine scharfe Bemerkung hinunter. Vielleicht war ich naiv, zu glauben, endlich zu erfahren, warum er damals verschwunden ist. Nur um sich hier, beinahe direkt vor meiner Nase, zu verstecken.

Ohne ein weiteres Wort stemme ich mich vom Boden hoch und steure auf den Flur zu.

»Solveigh, warte.«

Obwohl ich heute Abend keine Ausflüchte mehr hören will, halte ich inne. Drehe mich mit verschränkten Armen zu ihm um.

»Ich bring dich nach oben«, murmelt er und wirkt plötzlich nicht mehr halb so stark wie vorhin, als ich ihm von Viktor erzählt habe.

Langsam folge ich ihm die Stiege hinauf. Auf dem Treppenabsatz, der die beiden Zimmer voneinander trennt, bleibt er stehen. Er öffnet die linke der beiden Türen und bleibt im Rahmen stehen, als ich eintrete.

»Schlaf gut, Solveigh.«

Mit diesen Worten zieht er die Tür hinter sich zu. Ich verharre mitten im Zimmer, versuche, meine wirren Gedanken zu ordnen. Zu begreifen, was damals, was heute Abend zwischen uns geschehen ist. Und scheitere kläglich. Ich weiß nicht, was ihn dazu getrieben hat, fortzugehen. Noch dazu nicht weit weg. Um was zu tun? Zu zeichnen? So zu tun, als hätte es unsere Freundschaft, unser Dreiergespann nie gegeben?

Ich ahne, dass mir wieder eine unruhige Nacht bevorsteht, in der meine Gedanken hin und her rasen, in der ich mich frage, warum ich nie genug sein kann. Warum die, die mir so wichtig sind, mir auch am meisten wehtun.

Erst als ich höre, wie auch seine Tür mit einem leisen Klicken ins Schloss fällt, löse ich mich aus meiner Starre, pflücke meinen Schlafanzug vom Stuhl neben dem Bett und ziehe mich in Windeseile um. Als mein Kopf auf das weiche Kissen trifft, setzt sich das Gedankenkarussell träge in Gang. Doch noch ehe es die erste Runde gedreht hat, siegt die Müdigkeit.

Das Morgenlicht kitzelt meine Nase und ich schlage die Augen auf. Es muss weit nach zehn Uhr sein, denn vorher schafft es die Sonne nicht über den Horizont. Verwirrt blinzle ich ein paarmal, reibe mir über die Augen. Trotz unseres Streits gestern Abend habe ich fast traumlos geschlafen. Offensichtlich war die Erschöpfung größer als mein emotionaler Aufruhr.

Schnell ziehe ich mich an, schnappe mir meine Sachen fürs Bad und klettere die Stiege hinunter in den Wohnbereich. Ich finde Yorick im Wohnzimmer, den Kopf über seinen Schreibtisch gebeugt. Sein Stift fliegt mit raschen Bewegungen über das Papier vor ihm, es sieht so aus, als ob er zeichnet. Vielleicht verfeinert er seinen geflügelten Elch.

Die vom Schlaf zerzausten Haare hängen ihm ins Gesicht und er streicht sie in unregelmäßigen Abständen aus der Stirn. Jedes Mal fallen sie sogleich zurück. Nun kratzt er sich am Kinn und mir fällt zum ersten Mal auf, dass sein Bart nicht mehr so akribisch getrimmt ist wie früher.

Während ich so in der Tür stehe, horche ich in mich hinein. Erinnere mich an das Loch in meiner Brust, das er zurückgelassen hat. Ähnlich dem, welches nach Mammas Tod dort geklafft hat. Doch Yorick hat sich selbst dafür entschieden, mich zurückzulassen. Wenn ich wenigstens wüsste, warum. Vielleicht könnte zumindest diese Wunde dann endlich heilen.

Yorick hebt den Kopf und sieht mich an. »Willst du den ganzen Tag da rumstehen?«

Ich fixiere ihn aus zusammengekniffenen Augen. »Du hast so konzentriert gearbeitet. Ich wusste nicht, dass du mich bemerkt hast.«

Yorick seufzt, legt seinen Stift beiseite und steht auf. An den Schreibtisch gelehnt, winkt er mich zu sich, und als ich vor ihm stehe, sieht er mich ernst an. »Es tut mir leid, Solveigh. Wegen gestern. Ich ...«

Er verschränkt die Arme vor der Brust, sein Blick huscht zur Seite. Ich kann seine Anspannung förmlich spüren und etwas zerrt in meinem Innern. Wie er so dasteht, nach Worten ringend, mit Schatten unter den Augen, die auf wenig Schlaf schließen lassen, bröckelt die Mauer, hinter der ich mein Herz verschlossen habe. Zaghaft strecke ich die Hand aus, berühre Yoricks Arm. Spüre die Gänsehaut, die sich unter meinen Fingerkuppen bildet und von seiner Haut auf meine übergeht.

Er blickt mich an, als hätte ich ihn bei etwas ertappt. Und seltsamerweise fühle ich mich genauso. Rasch lasse ich meine Hand sinken und reibe mir über die Arme.

»Ich will wirklich wissen, was damals vorgefallen ist. Weil ich nicht glaube, dass du einfach so aus einer Laune heraus verschwunden bist. Aber«, schiebe ich hinterher, als er mich unterbrechen will. »Aber zu allererst will ich eine Tasse Kaffee und eine Portion Rührei. Danach die Antworten.«

Elftes Kapitel

»Würdest du mir auch deine anderen Zeichnungen zeigen?«, fragt Solveigh unvermittelt, nachdem wir eine große Portion Rührei verputzt haben.

In meinem Magen zieht es. Meine Auftragsarbeiten teile ich liebend gern, aber es gibt auch private Bilder, in denen ich all meine Gefühle, all meinen Schmerz verarbeite. In mir tobt ein Kampf. So gern ich ihr alles von mir preisgeben will, so sehr fürchte ich mich davor, dass sie in diesen Bildern die Wahrheit lesen könnte. Und doch überlege ich, ob es nicht der richtige Weg sein könnte, einen Anfang zu machen. Um endlich diesen Elefanten aus dem Weg zu räumen.

»Wie kommst du darauf, dass es außer dem Elch noch mehr gibt?«, frage ich dennoch, um Zeit zu schinden, und ernte ein empörtes Schnauben.

»Also bitte, Yorick. Du hast schon damals keinen Schritt ohne dein Skizzenbuch unternommen. Egal, wohin wir gegangen sind, du hattest immer einen Bleistift und ein Notizbuch bei dir. Für den Fall, dass dir eine Szene ins Auge springt. Außerdem kannst du mir nicht weismachen, dass du nur von einem einzigen Bild leben kannst.«

Mein Herz pocht schmerzhaft gegen meine Rippen. Vor Freude darüber, dass sie sich daran erinnert, aber auch vor Angst. Angst vor ihrer Reaktion.

Kurz schweifen meine Gedanken zu Viktor ab, der sich nie wirklich für meine Leidenschaft interessiert hat. Inzwischen bin ich froh darüber, dass er keine einzige meiner Zeichnungen je lange genug betrachtet hat, um ihren Sinn zu erkennen. Bis zu diesem einen Tag.

Doch Solveigh fragt jetzt danach, so wie sie es damals schon oft getan hat. Und plötzlich will ich ihr nicht nur unbedingt meine Bilder zeigen, sondern alles, was ich darin verewigt habe. Diesen Teil von mir, den ich auf Papier gebannt habe. Ich will daran glauben, dass sie mich darin sieht, dass sie versteht. Also nicke ich.

Mein Stuhl scharrt über den Boden, als ich aufstehe, und mit dem Kinn auf die Wohnzimmertür deute.

Aus einem Fach unter der Schreibtischplatte ziehe ich eine schwarz glänzende Mappe hervor und lege sie geöffnet vor Solveigh ab. Darin befinden sich meine liebsten Zeichnungen. Keine davon hat mit meiner Arbeit als Illustrator zu tun.

Vorsichtig zieht sie eines der Bilder zu sich heran, ihre Fingerspitzen schweben über der Zeichnung, als befürchte sie, sie durch ihre Berührung zu zerstören. Ihr Schweigen wirkt beinahe ehrfürchtig, als sie ein Bild nach dem anderen aus der Mappe holt und sie vor sich ausbreitet.

Es sind Seiten voller Landschaftsstudien, die alle dasselbe Motiv zeigen. Den See, wie man ihn sieht, wenn man auf der Holzterrasse hinter dem Haus sitzt. Mal ist Sommer, mal Winter, mal steht ein Elch am Ufer und trinkt, mal turnen Eichhörnchen durch die Äste der Tannen, deren Zweige bis ins Wasser reichen. Ich kenne jedes dieser Bilder in- und auswendig, weiß genau, wie ich mich gefühlt habe, als sie entstanden sind.

»Sie sind umwerfend«, haucht sie.

In meiner Brust schlägt mein Herz einen Purzelbaum.

Solveighs Finger streicht sanft über ein Bild, fast als würde sie eine geliebte Person streicheln. Es zeigt eine dunkle Gestalt, die am Ufer sitzt und aufs Wasser starrt.

»Warum warst du traurig, als du das hier gemalt hast?«, fragt sie ergriffen.

Sprachlos starre ich sie an. Wie kann sie diesem Bild entnehmen, wie ich mich gefühlt habe? Das macht mir gleichzeitig Angst und erfüllt mich mit Stolz. Ich muss schlucken, ehe ich antworten kann, und selbst dann klingt meine Stimme heiser.

»Woher weißt du das?«

Sie hebt den Blick. »Ich kann es spüren. Wenn ich das Bild ansehe, wird mir ganz schwer ums Herz. Es schreit geradezu vor Schmerz und Einsamkeit. Die dunklen Farben, die melancholische Stimmung. Die Person starrt auf den See und ... Ich kann es nicht beschreiben, aber ich kann die Gefühle hier beinahe mit den Händen greifen.«

Bei Odin, wie sehr ich diese Frau küssen will.

Niemand, wirklich niemand hat in meinen Bildern je das erkannt, was ich darin verarbeitet habe. Dieses Bild war das allererste, das ich gezeichnet habe, nachdem ich Solveigh bei Viktor zurückgelassen und mich hierher verkrochen hatte. »Weil mein Herz gebrochen war«, bringe ich hervor und weiche ihrem forschenden Blick aus.

Wenn sie mich lesen kann, wie sie meine Bilder liest, weiß sie im Bruchteil einer Sekunde, wie es um mich steht. Dass ich ihr immer noch hoffnungslos verfallen bin und Viktor insgeheim dafür danke, so unvorsichtig gewesen zu sein. Denn wenn er sich nicht mit Paola in seinem eigenen Bett vergnügt hätte, stünde Solveigh jetzt nicht neben mir, näher, als ich es je zu hoffen gewagt habe.

Doch dann verfinstert sich etwas in ihrem Blick. »Das war es, oder? Deshalb bist du verschwunden.« Sie klingt als wäre auch ihr Herz gebrochen. Unfähig, ihrem Blick standzuhalten, schließe ich die Augen.

»Ja«, wispere ich.

»Aber warum? Was habe ich getan, um dich so sehr zu verletzen, dass du es nicht mehr mit mir ausgehalten hast?«

Entsetzt reiße ich die Augen auf. »Solveigh, was … Nein! Du …« Überfordert reibe ich mir über das Gesicht. »Du … warst der Grund, ja. Aber nicht so, wie du denkst.«

Sie sieht mich an, als verstehe sie noch weniger als zuvor. »Dann erklär es mir endlich, Yorick. Sag mir, was dich damals so sehr verletzt hat, dass du nur die Flucht als Ausweg gesehen hast.«

Meine Brust wird eng, Beklemmung macht sich in mir breit. Ich bin bereit, ihr die Wahrheit zu sagen, ihr mein Herz zu Füßen zu legen, auch auf die Gefahr hin, dass es erneut zerbricht. Und doch lässt mich die Angst vor ihrer möglichen Reaktion kaum atmen.

»Begleitest du mich auf einen Spaziergang?«, frage ich vorsichtig. »Ich könnte frische Luft beim Erzählen gebrauchen.«

»Okay.« Ein kleines Wort, das mir in diesem Moment so viel bedeutet.

Solveigh geht vor mir her in den Flur, wir schweigen, während wir uns wetterfest anziehen. Draußen scheint die Sonne vom klaren Winterhimmel. Ich vergrabe die Hände in meinen Jackentaschen, um das Bedürfnis zu kontrollieren, nach Solveighs Hand zu greifen.

Unsere Stiefel knirschen im frisch gefallenen Schnee, als wir nebeneinander den Weg zum See entlanggehen. Bis Solveigh am Ufer stehen bleibt. Sie dreht sich zu mir, verschränkt die Arme vor der Brust und ihr Gesichtsausdruck lässt keinen Zweifel daran, dass ihre Geduld sich dem Ende neigt.

Ich schlucke schwer und schließe die Augen, um ihrem brennenden Blick auszuweichen.

»Viktor und ich haben uns nie um Mädchen oder Frauen gestritten«, beginne ich, ohne meine Lider zu heben. »Unsere Freundschaft war echt, wir konnten uns immer aufeinander verlassen. Wir wussten, was es bedeutet, ohne Mutter und mit abwesendem Vater aufzuwachsen. Nichts, was einer von uns getan hat, hat unsere Freundschaft je aufs Spiel gesetzt. Bis du kamst.«

Solveigh atmet scharf ein und da öffne ich doch die Augen. Schmerz und so viele unbeantwortete Fragen spiegeln sich in ihrem Blick, dass es mich beinahe meine gesamte Selbstbeherrschung kostet, nicht auf sie zuzugehen und sie in den Arm zu nehmen.

»Als Viktor dich das erste Mal mitgebracht hat, dachte ich zunächst, du bist eine von vielen. Auch wenn du so anders warst als all die anderen Frauen, die er bis dahin an seiner Seite hatte. Es dauerte nicht lange, bis mir klar war: Keine von ihnen konnte dir je das Wasser reichen, damals nicht und heute erst recht nicht. Ich habe schnell gemerkt, dass es zwischen euch anders war. Was er dir bedeutet hat, was er für dich getan hat. Wie er Tag und Nacht für dich da war, dich aus dem Sumpf der Trauer gezogen hat, wenn du mal wieder darin versunken bist. So hatte ich ihn noch nie gesehen.«

Kurz muss ich schlucken, mein Hals fühlt sich an, als hätte ich ein Reibeisen verschluckt. Als ich wieder zu Solveigh sehe, hat sich ihr Gesichtsausdruck kaum verändert. Also fahre ich fort.

»Aber genauso schnell habe ich gemerkt, dass ich dieses Mal mehr für die Frau empfinde, die Viktor mir vorgestellt hat.«

Jetzt weiten sich Solveighs Augen ungläubig. Kann es wirklich sein, dass sie nie gemerkt hat, wie es um mich steht? Dass sie kein einziges Mal mein klopfendes Herz gehört hat, wenn sie mir nahe war?

»Allerdings tat ich die Gefühle, die ich dir gegenüber hatte, als Schwärmerei ab, als Bewunderung für die Freundin meines besten Freundes. Für deine Stärke. Ich war mir sicher, dass sie nicht lange anhalten würde.«

Zögernd gehe ich einen Schritt auf sie zu, suche ihre Nähe. Sie lässt es zu und gibt mir so den Mut, weiterzusprechen. Das Geheimnis zu lüften, das schon so lange auf meiner Brust lastet.

»Das Gegenteil war der Fall. Je länger du mit Viktor zusammen warst, desto mehr habe ich für dich empfunden.«

Solveigh schnappt nach Luft. Schnell rede ich weiter.

»Aber selbst dann, wenn ich eine Chance gehabt hätte,

hätte es nichts geändert. Du warst Viktors Freundin, für mich absolut tabu. Du wärst immer unerreichbar für mich geblieben. Deshalb habe ich alles tief in mir eingeschlossen und gut vor allen verborgen gehalten. Bis zu diesem einen Tag im Sommer vor vier Jahren.«

Ich verstumme und Solveigh legt den Kopf schief, ich kann sehen, wie sie nachdenkt. Dann zieht sie die Unterlippe zwischen die Zähne und blinzelt.

»Ja, der Streit zwischen Viktor und dir. Also hatte der doch mit alledem zu tun«, stellt sie leise fest und ich nicke nur. »Viktor hat mir nie verraten, worum es genau ging. Er hat immer nur gesagt, du hättest dich in Angelegenheiten eingemischt, die dich nichts angingen, und dass du nun nicht länger zu unserem Freundeskreis gehören würdest.«

Ich kann mir ein verächtliches Schnauben nicht verkneifen. »So kann man es auch nennen. Er hat mich dabei überrascht, wie ich ein Portrait von dir gezeichnet habe. Und auf den ersten Blick erkannt, wie tief die Gefühle sind, die dahinterstecken. Er hat mich damit konfrontiert und ich habe es nicht geleugnet, konnte es nicht.«

Weil ich wusste, wie viel auf dem Spiel stand, denke ich.

»Und dann bist du einfach gegangen? Wegen eines Streits? Weißt du, wie lange ich nach dir gefragt habe? Wie oft ich vor deiner Tür stand und gehofft habe, du würdest auf mein Klingeln reagieren? Mir endlich erklären, warum mein bester Freund auf und davon ist, ohne auch nur ein Wort des Abschieds?«

In ihren Augen schimmern Tränen und ich gehe noch ein Stück weiter auf sie zu. Meine Fingerspitzen tasten nach ihrer Hand, aber ich wage nicht, sie vollends zu berühren.

»Solveigh, ich hab Fehler gemacht, das weiß ich jetzt. Es tut …«

»Sag nicht, dass es dir leidtut!« Ihre Stimme bricht den Satz wie mein Verschwinden damals ihr Herz, ihre Faust schlägt gegen meine Brust. »Sag nicht, dass du nicht geahnt hast, was das mit mir machen würde!« Noch ein Schlag – hilflos und hart. »Sag mir nur, warum du mir nicht wenigstens Auf Wiedersehen sagen konntest!« Das Schluchzen in ihrer Stimme reißt auch in mir alle Wunden wieder auf.

Ihren nächsten Hieb fange ich ab, ziehe sie in meine Arme, halte sie an meine Brust gepresst. Direkt über meinem Herzen, das immer noch für sie schlägt, so schnell und laut.

»Weil es alles zerstört hätte«, antworte ich heiser und suche ihren Blick. »Weil ich dich so sehr geliebt habe, dass ich es nicht mehr ertragen habe. Und hättest du die ganze Wa…«

Ein ohrenbetäubendes Knacken durchbricht die Stille um uns und Solveigh macht mit einem leisen Schrei einen Satz nach hinten. Zitternd steht sie da und zeigt an mir vorbei, die Augen weit aufgerissen. Ich wirble herum und mein Blick folgt ihrer ausgestreckten Hand. Am Ufer des Sees steht ein riesiger Elch, der durchs Unterholz gebrochen ist. Majestätisch hebt er sich vor den schneebedeckten Bäumen ab.

Als ich mich Solveigh wieder zuwende, starrt sie ihn ehrfürchtig an, meine Worte von eben scheinen vergessen. Wie gern würde ich die Hand nach ihr ausstrecken, sie wieder so nahe bei mir haben wie noch Sekunden zuvor. Aber der Moment ist verflogen und vielleicht ist das auch besser so. Ich kann mich nicht dazu überwinden, ihr auch noch den Rest zu erzählen. Ihr das zu beichten, was das zwischen uns unweigerlich endgültig zerstören würde. Deshalb stelle ich mich nur neben sie und vergrabe ein weiteres Mal die Hände in den Taschen.

Zwölftes Kapitel

Zwei Tage sind seit unserem Streit vergangen. Zwei Tage, in denen ich jedes Wort, das wir gewechselt haben, alles, was Yorick mir gesagt hat, wieder und wieder in meinem Kopf durchgegangen bin.

Sein Geständnis, die Offenlegung all seiner damaligen Gefühle für mich, hat in mir eine Saite zum Klingen gebracht, die lange verstummt war. Deren Klang ich jetzt erst richtig einordnen kann.

Während ich durch den Schnee zum See stapfe, horche ich tief in mich hinein, erforsche das, was ich fühle. Und stelle fest, dass es nicht ganz unbekannt ist. Nicht im Zusammenhang mit Yorick. Schon als er noch ständig bei Viktor und mir ein uns aus ging, hat mein Herz in seiner Gegenwart manchmal schneller gepocht, hatte ich das gleiche Gefühl von Geborgenheit, das mich immer wieder umgibt, seit ich hier bin.

Am Seeufer bleibe ich stehen, lege den Kopf in den Nacken. Die Sonne scheint auch heute vom strahlend blauen Winterhimmel, lässt die Schneekristalle um mich herum glitzern. Hier fühle ich mich so sicher, so zu Hause, wie ich es vielleicht noch nirgends getan habe. Viktor war jahrelang meine ganze Welt, ich habe ihn geliebt und bin ihm trotz all seiner Affären dankbar, dass er mich vor dem völligen Zusammenbruch bewahrt hat. Aber was, wenn es nicht Viktor allein war? Wie oft war es Yorick, der mich immer wieder aufgefangen und durch seine stumme Liebe durch die schwerste Zeit meines Lebens getragen hat? Darüber habe ich mir noch nie Gedanken gemacht. Die letzten Jahre war ich vor allem zu wütend auf ihn, weil er einfach weg war. Und doch hat ein so großer Teil gefehlt, den Viktor nie füllen konnte, der mit Yoricks Verschwinden aus mir herausgebrochen ist wie das mittlere Teil eines Puzzles.

Und noch etwas wird mir bewusst. So wie ich mich in Yoricks Nähe fühle, habe ich mich in all den Jahren mit Viktor kein einziges Mal gefühlt. Vielleicht war unsere Liebe auf meinen Verlust gebaut und je mehr ich über Mammas Tod hinwegkam, desto weniger intensiv waren meine Gefühle für Viktor. Denn wenn ich ganz ehrlich mit mir selbst bin, hat mich sein Seitensprung mit Paola zwar tief getroffen, aber es hat mein Herz nicht entzweigerissen. Weil es längst nicht mehr so schnell für Viktor geschlagen hat wie am Anfang.

Die Erkenntnis trifft mich hart, aber sie hilft mir auch, das Kapitel Viktor ein für alle Mal abzuschließen. Und mich auf ein neues zu konzentrieren. Ich kann mir zwar nicht sicher sein, dass sich Yoricks Gefühle für mich nicht inzwischen abgekühlt haben, aber ich erinnere mich nur zu gut daran, wie er meine Fäuste abgefangen und an seine Brust gepresst hat. Daran, was ich gespürt habe, an den Trommelschlag in seiner Brust.

Auch er hat Fehler gemacht, aber er hat sie aus Hilflosigkeit gemacht.

Ich laufe noch ein paar Schritte am Ufer entlang, weg von der *Stuga*. Yorick sitzt an seinem Schreibtisch und beendet seinen Auftrag, damit er die letzten Tage vor Heiligabend mit mir verbringen kann, wie er sagt. Am 24. wird er mich zum Hof zurückfahren, damit ich Weihnachten mit Pappa und Rika feiern kann. Was danach kommt, darüber haben wir noch kein Wort verloren.

Aber ich werde ihn nicht wieder so einfach aus meinem Leben lassen. Nicht, nachdem ich meinen besten Freund endlich wiederhabe und weiß, was damals war.

Die Sonne kitzelt meine Nase und ich ziehe mein Handy aus der Jackentasche. Jetzt, wo ich so viele neue Dinge erkannt habe, bin ich mir auch sicher, dass ich niemals zu Viktor zurückkehren werde. Ehe mich mein Mut verlässt, wähle ich seine Nummer und lausche.

»Baby! Endlich meldest du dich. Soll ich dich abholen?« Viktors Stimme verursacht mir Gänsehaut.

»Spar dir deine Schmeicheleien, Viktor. Du sollst mich nicht abholen, weder jetzt noch sonst irgendwann. Nie mehr.«

Viktor seufzt theatralisch. »Ach Solveigh. Was kann ich tun, damit du mir diesen Ausrutscher verzeihst und nach Hause kommst?«

Mit meiner freien Hand reibe ich mir über die Augen. Hat er meine Argumente schon immer so penetrant überhört? Fällt mir das wirklich erst jetzt auf?

»Nichts, Viktor. Absolut nichts. Aber du kannst mir eine letzte Frage beantworten. Warum ausgerechnet Paola?«

113

Viktor bleibt still. Ich höre ihn schwer atmen, sehe ihn förmlich vor mir, wie er im Wohnzimmer auf und ab tigert, und nach einer Antwort sucht. »Ich … Sie hat mich verführt, okay? Ich war machtlos gegen sie.«

»Hörst du dich eigentlich reden? Wenn du mich wirklich so lieben würdest, wie du immer behauptest, wäre Paola dir egal gewesen. Dann wären dir ihre Avancen egal gewesen. Aber nach allem, was ich jetzt weiß, habe ich dir nie so viel bedeutet wie du mir.«

Ich höre, wie Viktor nach Luft schnappt. Kurz schließe ich die Augen, lausche ein letztes Mal auf die Stimme in meinem Innern. Denke an Viktor, dann an Yorick. Und spüre, bei wem mein Herzschlag sich beschleunigt.

»Leb wohl, Viktor«, sage ich leise und unterbreche sein Rufen, indem ich auf den roten Hörer drücke.

Mein Handy an die Brust gepresst, atme ich ein paarmal hastig ein und aus. Sauge Sauerstoff in meine Lungen und entlasse dann einen Schrei, der über den ganzen See hallt.

Es tut gut, alles hinauszuschreien, so laut, dass sich etwas in mir löst. Dass alle Fragen nach dem Warum, alle Zweifel von mir abfallen. Zumindest für den Moment fühle ich mich leicht und frei. Und bereit, ein neues Kapitel aufzuschlagen.

Als ich nach einem kurzen Spaziergang zurück in die Wärme der *Stuga* komme, sitzt Yorick immer noch am Schreibtisch, seinen Kopf nun jedoch auf die Arme gebettet. Sein Atem geht ruhig und gleichmäßig. Lächelnd schleiche ich zu ihm und betrachte ihn im Schlaf. Seine Haare hängen ihm in die Stirn. Mit nicht ganz ruhigen Fingern und angehaltenem Atem hebe ich die Hand, sanft streiche ich sie ihm zur Seite. Er zuckt zusammen, seine Augen springen auf. »W… was? Solveigh?« Verwirrt richtet er sich auf, sucht meinen Blick. Ich verliere mich in seinem. Denn er genügt, um mir zu erzählen, dass keines seiner Gefühle für mich abgekühlt ist.

Meine Hand ruht noch in seinem Haar, er tastet danach und verschränkt zärtlich unsere Finger miteinander. In meinem Magen flattern Schmetterlinge und senden ein warmes Gefühl durch meine Adern. Ich betrachte unsere Hände, lasse zu, was diese Verbundenheit mit mir anstellt.

Wieder fällt mir sein Tattoo am Handgelenk auf und ich fahre sanft mit dem Finger die Konturen nach. Yorick erschaudert unter meiner Berührung und sein Atem geht eine Spur schneller als noch vor wenigen Augenblicken. Langsam erhebt er sich, steht jetzt direkt vor mir. Ich sehe zu ihm auf, meine Frage scheint mir auf die Stirn geschrieben zu stehen, denn er antwortet mir mit rauer Stimme.

»Valknut. Odins Knoten.«

Vage erinnere ich mich, dass mir meine Urgroßmutter auch davon erzählt hat. Das Symbol taucht immer dort auf, wo der Einzug in die Hallen Odins, der Übergang nach Walhalla, dem Reich der Toten, stattgefunden hat.

»Du magst die alten Götter«, murmle ich.

Yorick nickt nur. Meine Fingerkuppen berühren immer noch das Tattoo, sein Blick lässt mich nicht los.

»Für wen steht er?«, frage ich leise.

Yorick schluckt und die Traurigkeit, die kurz in seinen Augen aufblitzt, trifft mich ins Herz.

»Für meine Eltern«, wispert er.

Drei Worte, so viel Schmerz und Sehnsucht. Für einen Moment kann ich kaum atmen. Ich weiß nicht, wie lange wir so dastehen, unfähig, uns zu rühren oder unsere Blicke voneinander zu trennen. Wie hypnotisiert sehe ich ihm in die Augen, als ein scharfer Knall die Spannung zwischen uns zerstört. Ich zucke zusammen, Yorick lässt meine Hand fallen, als habe er sich daran verbrannt. Verlegen fährt er sich durch die Haare und deutet mit dem Daumen auf den Kamin. »Das Holz«, erklärt er. Ich nicke, blinzle. Yorick räuspert sich. »Hast du … hast du Hunger?«, fragt er und steuert schon die Küche an. »Ich könnte uns Bratkartoffeln machen und du erzählst mir, was Viktor dir am Telefon erzählt hat.«

Ich kneife die Augen zusammen. »Woher weißt du, dass ich telefoniert habe?«

Yorick lacht leise, während er eine Pfanne auf den Herd stellt und die Kartoffeln aus der Kammer holt.

»Ich hab dich beobachtet, am Seeufer. Bevor du weitergegangen bist. Und ich kenne dich so gut, dass ich deine Körpersprache lesen kann. Auch auf die Entfernung.«

»Aha«, sage ich und lasse mich auf die Bank plumpsen. Mit aufgestützten Ellenbogen beobachte ich Yorick eine Weile, ehe ich fortfahre. »Ich habe ihm gesagt, dass ich nie mehr zu ihm zurückkehre.« Yorick hält mitten in der Bewegung inne. »Und ihn gefragt, warum er mich gerade mit Paola betrügen musste.«

Nun dreht er sich zu mir um. Mit dem Pfannenwender deutet er auf mich. »Und?«

Mit geblähten Nasenflügeln sehe ich ihn an. »Er meint, sie hat ihn verführt.« Yorick macht ein Geräusch, irgendwo angesiedelt zwischen würgen und lachen. Dann wendet er sich dem Herd zu, stellt die Pfanne auf die Platte und kramt die Kartoffeln aus dem Schrank.

»Genau mein Gedanke. Aber wenn ich ehrlich bin, ist es mir inzwischen egal. Sein Seitensprung hat mir einiges klargemacht, ganz besonders, dass ich ihn nicht mehr liebe. Vielleicht schon eine ganze Weile nicht mehr wirklich geliebt habe.«

Yoricks Rücken spannt sich an, ohne Frage lauscht er auf jedes meiner Worte.

»Mir ist klar geworden, dass ich offen bin für Neues.« Ich schlucke. »Neue Gefühle, neue … Abenteuer.«

Mit einem alten Freund, füge ich in Gedanken hinzu, traue mich aber nicht, es laut auszusprechen. Noch nicht.

So tief wie hier habe ich seit Jahren nicht geschlafen. Die letzten Tage haben mir unendlich gutgetan und ich bedauere ein bisschen, dass Yorick mich nach dem Frühstück nach Hause fahren wird. Zwar liebe ich das Weihnachtsfest mit Pappa und Rika und freue mich darauf, aber da ist auch immer noch diese unterschwellige Angst, dass Filip wieder auftaucht. Dass er trotz meiner deutlichen Worte an seiner völlig verqueren Vorstellung festhält, ich würde zu Viktor zurückkehren, damit er sein Leben in den

Griff kriegt. Eher bleibt ganz Schweden an *Midsommar* nüchtern, als dass ich das tun werde.

Vor dem Fenster erregt etwas meine Aufmerksamkeit – es schneit. Ich stehe auf und beobachte die Flocken, die so dicht fallen, dass ich kaum bis zum Schuppen sehen kann. Die freigeschaufelten Wege sind längst unter einer dicken Schneedecke begraben.

Rasch ziehe ich mich an und werfe mir meine Lieblingsstrickjacke über. Der Duft, den ich mit der *Stuga* und Yorick verbinde, hat sich bereits darin festgesetzt und ich vergrabe kurz meine Nase in dem weichen Stoff. Sogleich schlägt mein Herz schneller und in meinem Bauch breitet sich ein warmes Kribbeln aus, weil es sich einfach so gut und richtig anfühlt.

Als ich die Schlafzimmertür öffne, steigt mir der kräftige Geruch nach frisch aufgebrühtem Kaffee in die Nase und ich beeile mich, die Stiege hinunterzuklettern. Yorick sitzt nicht am Schreibtisch wie in den Tagen zuvor, also folge ich dem Kaffeegeruch in die Küche.

»*God Morgon*«, murmle ich, als ich eintrete und Yorick mit einem dampfenden Becher aus dem Fenster starren sehe.

Er wendet mir sein Gesicht zu und lächelt, aber es erreicht seine Augen nicht. Sein gesamter Körper wirkt angespannt. Ich werde das Gefühl nicht los, dass es in irgendeiner Weise mit mir zu tun hat, also gieße ich mir selbst einen Kaffee ein und trete neben ihn.

»Was ist los?«, frage ich verunsichert.

Er nickt in den Himmel. »Wir sitzen hier fest. Bei den Schneemassen, die runterkommen, haben wir keine

Chance, die Einfahrt oder auch nur das Auto freizuschaufeln. Es schneit schneller, als wir den Schnee wegkriegen würden. Vermutlich sind auch die Straßen nicht befahrbar. Wenn es so heftig schneit, krachen hier immer wieder Bäume um. Ich bin überrascht, dass der Strom noch da ist.« Er räuspert sich und starrt aus dem Fenster. »Und darüber hinaus habe ich keine Ahnung, wie lange das so bleiben wird.«

Yoricks Stimme klingt kratzig. Hastig trinke ich einen Schluck, als könnte ich das Geräusch dadurch vertreiben, und verbrenne mir dabei beinahe die Zunge.

»Stört dich meine Anwesenheit hier so sehr?« Kaum wage ich, die Frage auszusprechen, und als Yorick von mir abrückt, kann ich ihn nicht direkt ansehen. Ich will die Antwort nicht in diesen blauen Augen erkennen, die mir so viel bedeuten. Will nicht darin lesen, was ich befürchte.

»Bitte, was?«

Nun hebe ich doch den Kopf. Völlig entgeistert starrt er mich an, als wüsste er nichts mit meiner Frage anzufangen. Ich zucke mit den Schultern und senke erneut den Blick.

»Du machst ein Gesicht, als würde die Welt untergehen, weil wir jetzt eingeschneit sind und du mich heute nicht loswirst …«

Weiter komme ich nicht, denn Yorick hat seinen Becher abgestellt und hebt mein Kinn mit einem Finger sacht an.

»*Solen*, sag so etwas nicht. Deine Anwesenheit ist das Beste, was mir seit Langem passiert ist, und wenn es nach mir ginge, würde der Schnee für sehr, sehr lange Zeit nicht schmelzen.«

Ein Stein fällt mir vom Herzen, doch etwas Unsicherheit bleibt. »Ist es, weil du das Fest mit deiner Familie verpasst?«, frage ich.

Ganz kurz flackert etwas in seinem Blick auf. Schmerz? Abneigung?

»Nein, das ist es bestimmt nicht.« Sein Ton lässt keinen Zweifel daran, dass er nicht mit seiner Familie feiern wird.

Überrascht mustere ich ihn, doch er wendet sich ab. Der Wunsch, weiter darüber zu reden, sähe wohl anders aus.

»Okay«, beginne ich überfordert. »Aber warum schaust du dann so bedrückt?«

Nun schmiegt er seine Hand an meine Wange.

»Ich will nur nicht, dass du später bereust, nicht zu Hause bei deiner Familie gewesen zu sein«, durchbricht er meine Unsicherheit. »Dass du meinetwegen Weihnachten verpasst hast.«

Irritiert blinzle ich. Heute ist doch erst Heiligabend, warum sollte ich das Fest verpassen? Yorick scheint mir die Frage vom Gesicht ablesen zu können, denn auf einmal versteift er sich neben mir und lässt seine Hand sinken. Wo sie eben noch lag, bleibt nur Kälte zurück.

Verwirrt greife ich nach seiner Hand. »Wir können doch zusammen feiern«, sage ich leise und schlucke gegen den Kloß in meinem Hals an. Langsam entzieht sich Yorick mir, und ehe ich reagieren kann, dreht er sich von mir weg, um wieder aus dem Fenster zu starren.

»Ich habe schon lange kein Weihnachten mehr gefeiert«, sagt er und die Wehmut in seiner Stimme lässt einen kalten Knoten in meinem Magen entstehen.

Krampfhaft versuche ich, mich daran zu erinnern, ob Yorick jemals etwas in dieser Hinsicht erzählt hat und ich es einfach vergessen habe. Aber mir fällt absolut nichts ein.

»Warum nicht?«, frage ich vorsichtig.

»Weil Weihnachten für mich nur schlimme Erinnerungen weckt.«

Damit lässt er mich stehen und geht ins Wohnzimmer. Ich bleibe in der Küche zurück, meine Gedanken rasen mit meinem Herzen um die Wette und ich frage mich, ob allein meine Worte ihn bereits von mir forttreiben, ehe ich mich wirklich auf ihn eingelassen habe.

Dreizehntes Kapitel

Schicht für Schicht türme ich Späne, Anzünder und Holz-scheite aufeinander und reiße dann ein Streichholz an. Ich halte es mitten hinein und nach wenigen Sekunden lodert das Feuer wieder hell und warm auf.

Solveigh steht noch immer in der Küche und ich fluche innerlich. Nichts wünsche ich mir mehr, als dass sie hier bei mir bleibt, aber ich kann ihr einfach kein Weihnachten bieten, wie sie es sich wünscht.

»Yorick?« In der Art, wie sie meinen Namen ausspricht, liegen so viele unausgesprochene Fragen.

Aus dem Augenwinkel sehe ich, dass Solveigh in der Tür zum Wohnzimmer steht, aber ich halte den Blick stur in die Glut gerichtet und stochere darin herum. »Hm?« Zu mehr bin ich nicht imstande, ich traue meiner Stimme nicht.

Der Dielenboden knarzt, als sie es endlich über sich bringt, zu mir zu kommen. Langsam tritt sie neben mich und setzt sich dann auf den Boden, direkt vor das Feuer. Schweigend hält sie die Handflächen näher an die Flam-men und beobachtet, wie die Zungen an der frischen Nahrung lecken. Als ich ihr den Blick zuwende, muss ich ein Stöhnen unterdrücken. Wieder bringt der Feuerschein ihre hellen Haare zum Leuchten, während er gleichzeitig geheimnisvolle Schatten auf ihr Gesicht zaubert. Beinahe kommt es mir so vor, als würde sie mit jedem Blick, den ich ihr zuwerfe, noch schöner.

»Was ist passiert, dass du Weihnachten nicht mehr feierst?«

Ich zucke zusammen, obwohl ich die Frage erwartet habe. Als sie sich mir langsam zuwendet, ist da plötzlich diese Frage in mir, wie es wäre, sie zu verlieren – einzig und allein, weil ich nicht die Kraft oder den Mut finde, über etwas mir ihr zu reden. Allein der Gedanke tut so unglaublich weh. Genau das ist der Moment, in dem ich mich entscheide, ihr wenigstens das hier zu erzählen. Meine Geschichte.

Mit einem Seufzen stehe ich auf und gehe zu der kleinen Bar hinüber, die ich im Laufe der Renovierung eingebaut habe. Langsam schweift mein Blick über das Angebot, bis ich gefunden habe, was ich suche. Ich nehme zwei Gläser aus dem Regal, fülle je zwei Fingerbreit meines Lieblings-Whiskys hinein und kehre damit zu Solveigh an den Kamin zurück. Eigentlich ist es noch viel zu früh für Alkohol, aber wenn ich mich wirklich in diese Zeit zurückbegeben will, brauche ich Mut. Und gerade halte ich es für eine gute Idee, ihn mir anzutrinken.

Stumm halte ich ihr eines der Gläser hin, doch Solveigh schaut erst den Whisky und dann mich fragend an.

»Die Antwort auf deine Frage …«, setze ich an.

Mit einem irritierten Kopfschütteln fragt Solveigh: »Dich stört der Whiskey an Weihnachten?«

Mein eigenes Glas auf halbem Weg zum Mund halte ich inne und lache leise, obwohl mir gar nicht danach zumute ist.

»Nein«, sage ich und trinke dann doch einen Schluck. »Er hilft mir nur, über das zu sprechen, was passiert ist.«

Über den Rand des Glases hinweg blicke ich in ihre grauen Augen, die mich abwartend ansehen. Sie ignoriert das Glas, das ich ihr hinhalte, weiterhin und rührt sich nicht. Daher setze ich mich zu ihr auf den Teppich und stelle es vor ihr ab. Den Blick auf die bernsteinfarbene Flüssigkeit vor mir gerichtet, beginne ich zu erzählen.

»Du weißt, dass ich meine Eltern verloren habe, als ich ein Teenager war.« Ich drehe den Kopf zu Solveigh und sehe ihr Nicken. »Aber was damals genau passiert ist, habe ich dir nie erzählt. Hast du dich eigentlich nie gefragt, warum ich immer kurz vor Weihnachten eine Weile nicht da war?«

Diesmal schüttelt sie den Kopf. »Um ehrlich zu sein, nein. Ich dachte immer, du verbringst die Feiertage bei deiner Familie.«

Ich schließe die Augen und presse die Lippen aufeinander. Ein kurzer Moment, um mich zu sammeln, denn ihre Worte könnten nicht weiter von der Wahrheit entfernt sein. »Nein, ich war nie bei meiner Familie. Weil es sie so, wie ich es gewollt hätte, nicht mehr gab.«

Eine Hand legt sich tröstend auf meinen Arm.

Mehr Reaktion zeigt sie nicht und ich bin dankbar, denn genau das macht es mir leichter, weiterzusprechen.

»Meine Mutter hat Weihnachten geliebt. Es war ihr Fest, sie hat immer schon Wochen vorher mit der

Dekoration begonnen, hat *Pepparkakor* gebacken und am Luciatag gab es *Lussekatter*. Jeden Adventssonntag kam jemand von der Familie, es war immer fröhlich, warm und hat nach Weihnachten gerochen. Am allerliebsten mochte ich es, wenn sie an Heiligabend den Milchbrei für die Hauswichtel zubereitet hat. Wenn es dunkel wurde, durfte ich dann den Teller vor die Tür stellen und den Butterklecks draufgeben.«

Meine Mundwinkel heben sich zu einem wehmütigen Lächeln. In meinem Bauch breitet sich ein warmes Gefühl aus, wenn ich an den Milchbrei denke. Beinahe kann ich Mammas starke Hände auf meinen Schultern spüren, die mir Halt geben.

»Am Tag vor Heiligabend fuhr mein Vater jedes Jahr mit meiner Mutter hierher in unseren Wald, um einen Baum zu schlagen. Es war für die beiden ein bisschen wie eine kleine Auszeit vom Alltag, da sie nur zu zweit hierherkamen, um für einen wunderschönen Baum zu sorgen. Als ich dreizehn war, wollten meine Eltern wie jedes Jahr einen Baum holen. Aber obwohl dieser eine Termin meiner Mutter beinahe mehr bedeutet hat als Weihnachten selbst, hat mein Vater sie an diesem Tag versetzt. Im Büro gab es einen irrsinnig wichtigen Kunden, um den sich in diesem Jahr so einige Streite zwischen meinen Eltern gedreht hatten. Aber keiner war so schlimm wie der, den sie an diesem 23. Dezember am Telefon geführt haben.«

Diesmal trinke ich einen kräftigen Schluck und Solveigh tut es mir gleich. So lange habe ich nicht darüber gesprochen. Mein Herz pocht schmerzhaft von all den Erinnerungen. Und doch fühle ich auch, wie sich langsam etwas in mir löst. Etwas, das lange Zeit wie ein riesiger Felsbrocken auf meiner Seele gelastet hat.

Leise spreche ich weiter. »Mamma war außer sich vor Zorn und Enttäuschung, hat meine Schwester angewiesen, auf uns aufzupassen, und ist kurzerhand allein in den Wald gefahren.«

Solveigh sitzt stumm neben mir, ich kann ihr ansehen, was sie fühlt. Aber ich will kein Mitleid. Den Blick starr auf die Flammen gerichtet, erzähle ich ihr den Rest.

»Sie hat es geschafft, ganz allein einen Baum zu fällen. Doch als sie schon wieder auf dem Heimweg war, hat es angefangen zu schneien. Sie …« In meinen Augen brennen Tränen, der Schmerz ist auch nach achtzehn Jahren noch präsent. »Sie hatte keine Chance gegen den Holzlaster, der in der Kurve die Kontrolle verloren und ihr Auto die Böschung runtergeschoben hat.«

Auf einmal rutscht Solveigh näher an mich heran und schlingt die Arme um mich. Mit geschlossenen Augen lehnt sie ihren Kopf an meine Schulter und ich wage kaum, zu atmen. Mehr als Worte es je ausdrücken könnten, zeigt mir diese Geste, was sie fühlt. Da traue ich mich, ganz langsam auszuatmen, ehe ich meinen Kopf gegen ihren lehne.

»Was ist dann passiert?«, fragt sie mich leise und verschränkt ihre Hand mit meiner.

Seufzend ziehe ich sie noch ein Stückchen näher an mich heran. »Mein Vater hat sich nie vergeben, dass er meine Mutter damals nicht begleitet, sondern sich mit ihr an diesem so wichtigen Tag auch noch gestritten hat. Von dem Moment an haben wir Weihnachten nie mehr so gefeiert, wie wir es mit Mamma getan haben. Und als ich von zu Hause ausgezogen bin, habe ich es komplett aufgegeben.«

Solveigh drückt meine Hand. Mehr brauche ich nicht, um zu wissen, dass sie für mich da ist. Ihre Nähe gibt mir die Kraft, über all das zu sprechen, was ich seit Jahren tief in mir eingeschlossen habe. Sie hilft mir, die Dämonen meiner Vergangenheit freizulassen, die Narben auf meinem Herzen beginnen, dank ihr zu verblassen. All die Worte auszusprechen, vor denen ich mich so lange versteckt habe, fühlt sich richtiger an als alles, was ich seit langer Zeit getan habe.

»Mir waren immer die Lichter am wichtigsten.«

Solveighs Stimme ist so leise, dass ich sie kaum verstehe. Ich rücke ein bisschen von ihr ab und neige neugierig den Kopf. Ein Lächeln umspielt ihre Lippen, der Feuerschein lässt ihre Augen leuchten.

»Bei uns zu Hause war es ähnlich. Mamma und ich haben schon Wochen vor Weihnachten alles dekoriert, haben Unmengen an Plätzchen gebacken und an Heiligabend gab es immer ein *Julbord*. Davon sind wir noch drei Tage später satt geworden.« Sie lacht leise.

»Erzähl weiter«, bitte ich sie. Das hier ist genau das, was ich jetzt brauche. Solveigh fühlt meinen Verlust mit mir, das spüre ich, aber sie bemitleidet mich nicht, wie viele andere es damals getan haben. Und während ich jedem ihrer Worte gebannt lausche, fühle ich, wie der Widerstand gegen alles Weihnachtliche in meinem Innern an den Ecken zu bröckeln beginnt.

»Überall standen Kerzen, in jedem Fenster war mindestens ein Lichterbogen aufgestellt, leuchtende Girlanden hingen am Geländer und auf der Veranda. An Heilig-abend, kurz bevor wir zu essen begonnen haben, hat mein Vater Fackeln im Garten aufgestellt, um dem *Jul Tomte* den Weg zu weisen. Das war für mich immer der Moment, an dem es wirklich Weihnachten war.«

Sie rückt noch ein Stückchen näher, legt ihren Kopf wieder auf meine Schulter und murmelt: »Aber jetzt ist mein liebster Weihnachtsmoment, mit dir vor dem Feuer zu sitzen und Whisky zu trinken.«

Bei diesen Worten schwillt mein Herz an und ich ver-liebe mich noch einmal in sie, diesmal noch tiefer und hef-tiger als vor all den Jahren.

Nach vielen gemütlichen Minuten, in denen wir kein einziges Wort gesprochen haben, rührt Solveigh sich neben mir.

»Ich muss Pappa anrufen, bevor er sich Sorgen macht«, flüstert sie.

Umständlich rappelt sie sich auf und schlurft in die Küche. Ich höre sie unterdrückt fluchen, wahrscheinlich sind wieder zig Nachrichten und Anrufe auf ihrem Handy eingegangen, die sie alle nicht sehen will.

Das Birkenholz knistert im Kamin, Solveighs Stimme dringt gedämpft zu mir, während sie telefoniert, und ich fühle mich endlich wieder vollständig.

»Ja, Pappa. Es geht mir gut hier.« Nun steht sie direkt in der Tür zum Wohnzimmer, ihr Blick hält meinen fest, während sie mit Halvar spricht. »Yorick hat alles versucht, um mich rechtzeitig nach Hause zu bringen, aber die Stra-ßen sind dicht. Macht euch keine Sorgen, ich bleibe hier über Weihnachten.«

In meinem Hals bildet sich ein Kloß. Das schlechte Gewissen, sie nicht rechtzeitig zum Fest nach Hause gebracht zu haben, kämpft sich an die Oberfläche und streitet dort mit einer nagenden Sehnsucht um Aufmerksamkeit.

»*God Jul*, Pappa. Gib Rika eine Umarmung von mir. Doch … Ich verspreche euch, dass es mir gut geht. Sobald ich weiß, wann ich nach Hause komme, melde ich mich bei euch.«

Sie schickt einen Kuss hinterher, das Lächeln, das dabei um ihre Mundwinkel spielt, gilt aber ganz allein mir. In diesem Augenblick gewinnt die Sehnsucht den Kampf und ich wünsche mir nichts mehr, als mit dieser Frau an meiner Seite alle Weihnachtsfeste für den Rest meines Lebens verbringen zu dürfen. Egal wie, egal wo.

Inzwischen ist es fast dunkel, und während Solveigh sich in die Küche zurückgezogen hat, um uns ein warmes Abendessen zuzubereiten, kämpfe ich mich, bewaffnet mit der Schneeschaufel, bis zum Schuppen durch. Es schneit immer noch und wird wohl auch so bald nicht aufhören. Der Strom ist noch da, aber sicherheitshalber werde ich das Notstromaggregat so herrichten, dass wir es im Fall der Fälle nur anschmeißen müssen. Außerdem brauchen wir Feuerholz.

Trotz der Kälte schweißgebadet, komme ich nach einer gefühlten Ewigkeit beim Schuppen an, lehne die Schaufel an die falunrote Holzwand und sperre das Vorhängeschloss auf. Ich brauche das Aggregat nur aus seiner Nische ziehen und das Benzin auffüllen. Wenn der Strom ausfällt, habe ich das Ding im Nullkommanichts angeworfen. Der Korb fürs Feuerholz ist auch rasch aufgefüllt. Gerade als ich den Schuppen wieder verlassen will, fällt mein Blick auf etwas, das ich ganz vergessen hatte. Mit einem Lächeln greife ich danach, lege es auf den Korb und trage dann alles zurück zur *Stuga*. Vor dem Eingang stelle ich die Sachen auf der schmalen Bank ab, ich werde sie erst später brauchen. Im Innern duftet es so verlockend nach heißem Eintopf, dass mein Magen sich prompt lautstark bemerkbar mach. Ich streife die Stiefel von den Füßen, hänge meine nasse Jacke an ihren Haken und folge dem Geruch in die Küche.

»Hmm, das riecht wie früher, wenn Mamma für alle einen riesigen Topf *Stuvning* gemacht hat.«

Solveighs Blick zuckt zu mir. Sie blinzelt und fragt sich offensichtlich, wie sie darauf reagieren soll. Nach allem, was ich ihr erzählt habe, kocht sie ausgerechnet etwas, das mich an früher erinnert.

Sanft lächle ich ihr zu. »Danke, *Solen*. Ich hab das schon so lange nicht mehr gegessen, dass ich ganz vergessen hatte, wie sehr ich es mag. Für mich ist das der perfekte Weihnachts-Schmaus.«

Sie entspannt sich spürbar und schenkt mir auch ein Lächeln. Dann nimmt sie einen Löffel aus der Schublade und taucht ihn in den Topf, ehe sie mir einen dampfenden Bissen vor den Mund hält. Der Geruch lässt mir das Wasser im Munde zusammenlaufen. Vorsichtig probiere ich. Meine Augen schließen sich von selbst und im Sekundenbruchteil reise ich zurück zu einem Wintertag meiner

Kindheit. Ich genieße das Potpourri an Aromen in meinem Mund, seufze leise.

»Genau so«, flüstere ich und öffne die Augen. Solveigh strahlt.

»Er sollte in ein paar Minuten fertig sein«, sagt sie und rührt noch einmal kräftig mit dem Holzlöffel im Topf herum.

Das ist mein Stichwort, um den Tisch zu decken. Zur Feier des Tages nehme ich die schönen Teller meiner Mutter aus dem Küchenschrank, lege eine Tischdecke auf den verschrammten Esstisch, hole die edlen Servietten hervor. Solveigh hat ein paar Teelichter gefunden und überall verteilt. Ich zünde sie an, schenke uns beiden Wein ein, und als wir schließlich beieinandersitzen und den Eintopf genießen, bin ich nicht mehr weit von wirklicher Weihnachtsstimmung entfernt.

Beinahe den ganzen Topf *Stuvning* und eine dreiviertel Flasche Wein später sitzen wir vor dem Kamin, aneinandergelehnt, uns selbst genug. Bis Solveigh ohne Vorwarnung aufspringt. Ich zucke zusammen und stütze mich noch im letzten Moment ab, ehe ich einfach umfallen kann.

»Ich hab doch noch eine Überraschung für dich«, ruft sie mit einem Mal aufgeregt. »Gib mir zehn Minuten.«

Mit diesen Worten läuft sie in die Küche. Völlig verwirrt kann ich nur den Kopf schütteln, aber so habe ich wenigstens Zeit genug, um meine eigene Überraschung vorzubereiten.

»Ich schaufle noch eine Runde Schnee«, rufe ich ihr hinterher und verschwinde nach draußen, bis ich wenige Minuten später ins Warme zurückkehre.

Solveigh steht schon in der Tür zum Wohnzimmer, sie hält einen tiefen Teller und einen Löffel in den Händen. Ein Blick darauf genügt, um zu wissen, was ihre Überraschung ist.

»Der Brei für die Wichtel«, flüstere ich heiser und spüre, wie sich Tränen in meinen Augen sammeln.

Mit einem erwartungsvollen Lächeln hält sie mir den Löffel hin, auf dem ein großer Klecks Butter liegt. Behutsam lasse ich sie direkt in die Mitte des Breis fallen, beobachte, wie die goldgelbe Masse in der Wärme schmilzt.

»Danke«, murmle ich rau und wünschte, ich könnte sie genau hier und jetzt küssen. Dann fällt mir etwas ein, was ich stattdessen tun sollte, und nehme ihr den Teller aus der Hand. »Zieh deine Stiefel und deine Jacke an«, bitte ich sie. »Draußen ist es kalt.«

Solveigh legt zwar die Stirn in Falten, kommt meiner Aufforderung aber dennoch nach. Ich öffne uns die Tür und lasse sie vor mir hinaustreten. Sie geht die paar Schritte nach draußen, hält jedoch am Fuße der Treppe inne und wendet sich wie in Zeitlupe zu mir um. Mit weit aufgerissenen Augen starrt sie mich an, ihr Gesicht spiegelt all die Gefühle wider, die auch in mir toben, seit sie mit dem Wichtel-Brei vor mir stand.

Vorsichtig stelle ich den Teller auf der Bank ab und folge ihr auf den schneebedeckten Gartenweg. Solveigh wirft mir ihre Arme um den Hals, bringt mich beinahe zu Fall mit ihrer Begeisterung.

»Yorick! Wie wunderschön!« Ihr Atem streift meine Wange und verursacht ein kribbelndes Gefühl in meinem Bauch.

Sekundenlang halte ich sie fest. Dann löse ich mich behutsam aus der Umarmung, mit einem strahlenden Lächeln dreht sie sich wieder um, ich schlinge von hinten die Arme um ihre Taille und lege mein Kinn auf ihre Schulter. Gemeinsam betrachten wir die Fackeln, die ich im Halbkreis vor dem Eingang aufgestellt habe. Der Schein des Feuers zaubert warmes Licht auf die weiße Schneedecke, greift mit flackernden Fingern nach den Schatten.

Lange stehen wir einfach nur mitten im fallenden Schnee und sehen den Fackeln dabei zu, wie sie die tanzenden Schneeflocken beleuchten. In meinem Innern wirbeln all die Gefühle durcheinander, die ich so lange unter Verschluss gehalten habe. Alles, was ich für Solveigh empfinde, bricht sich Bahn, raubt mir den Atem, benebelt die Sinne. Wie ein Schneesturm in meinem Herzen.

»*God Jul*«, flüstere ich in Solveighs Ohr.

Sie dreht sich in meinen Armen um, im Feuerschein glänzen ihre Augen vor Rührung. Mit leicht geöffneten Lippen starrt sie mich an, sucht sichtlich nach Worten und findet doch keine. Ich ziehe sie noch ein wenig näher an mich heran, lege ihr eine Hand an die Wange und wispere: »Jetzt findet der Tomte auch den Weg zu uns.«

Mit jedem Millimeter, den sich mein Gesicht ihrem nähert, wird mein Puls schneller. Und als sie ihre Lippen auf meine presst, zerbirst mein Herz in tausend Schneeflocken, die durch meinen ganzen Körper wirbeln. Das hier übersteigt alles, was ich mir je erträumt habe. Sie schmeckt nach Winter und einem Hauch Rotwein, nach Geborgenheit und Verheißungen. Tausend Gefühle toben gleichzeitig in mir und in meinen Adern summt es. Die Zeit um uns scheint stillzustehen, es gibt nur sie und mich im Hier und Jetzt.

Irgendwann macht sich die Kälte bemerkbar. Ich verschränke unsere Finger miteinander und führe sie zum Haus zurück. Vor der Tür stelle ich andächtig den Brei auf die oberste Treppenstufe, damit die Wichtel ihn auch nicht übersehen, ehe ich Solveigh ins Haus folge.

»Danke, Yorick«, sagt sie leise, als sie sich vor den Kamin setzt. »Etwas Schöneres als das hätte ich mir nicht wünschen können.«

»*Ich* danke *dir*.« Ich lasse mich neben sie auf den Boden sinken und ziehe sie in meine Arme. »Jetzt hat Weihnachten auch wieder eine Bedeutung für mich, die nicht mit Wehmut und Schmerz verbunden ist.«

Eine Weile sitzen wir eng beieinander, Solveigh blickt in die Flammen, ich sehe dabei zu, wie der Feuerschein Muster in die Schatten und auf Solveighs Haut zaubert. Meine Gedanken wirbeln durcheinander und ich bin so glücklich wie schon seit vielen Jahren nicht. Vielleicht war ich noch nie so glücklich wie jetzt, wo die Frau, der mein Herz gehört, in meinen Armen liegt. Ich presse die Lippen aufeinander. Ob ich sie wohl noch mal so küssen darf wie eben?

Als sie mich dabei ertappt, wie ich sie anstarre, lacht sie auf. »An was denkst du?«

Mutig halte ich ihrem Blick stand, auch wenn mein Herz vor Aufregung flattert. »An das, was wir draußen unterbrochen haben, und daran, wie gern ich einfach damit weitermachen würde.«

Solveigh rückt das letzte Stück näher an mich heran. Zärtlich nehme ich ihr Gesicht in meine Hände, streiche ihr mit den Daumen über die Lippen. Ihr Atem stockt, in ihren Augen lodert das Feuer genauso heiß wie neben uns im Kamin. Sie greift in mein Shirt, zieht mich zu sich heran und überbrückt auch noch die letzten Zentimeter zwischen uns. Ihr Mund erobert meinen und in meinem Innern explodiert ein Glücksgefühl, das sich in jeden Winkel meines Ichs ausdehnt.

Ich ziehe sie auf meinen Schoß, vergrabe meine Hände in ihren langen Haaren, wie ich es schon seit Jahren tun wollte, und lege all meine Empfindungen und Sehnsüchte in den Kuss. Es ist mir egal, wenn sie merkt, was sie mit mir anstellt, wie sehr ich sie will. Viel zu lange habe ich nur davon geträumt, sie küssen und halten zu dürfen. Loslassen kann ich sie jetzt nicht mehr.

Vierzehntes Kapitel

Das Summen meines Handys reißt mich aus dem erholsamsten Schlaf der gesamten letzten Jahre. Solveighs warmer, schlummernder Körper liegt direkt neben meinem. Ich halte die Augen geschlossen, will unseren Kokon der Zweisamkeit nicht verlassen. Mich nicht der rauen Welt vor unserem Häuschen stellen müssen.

Wieder summt das Handy auf meinem Nachttisch und ich taste danach, um es auszustellen. Mit einem Auge schiele ich auf das schwach erleuchtete Display.

Eine Nachricht meiner Nachbarn.

Ich öffne sie, überfliege kurz den Inhalt und seufze leise. Einige Bäume haben der Schneelast nicht standgehalten und sind umgeknickt, wie ich befürchtet hatte. Da heute der erste Weihnachtsfeiertag ist, wird es sicher noch ein oder zwei Tage dauern, bis irgendjemand die Straßen freiräumt.

Solveigh regt sich neben mir und ich ziehe sie enger an mich, lasse mich von ihrer Wärme und ihrem Duft einhüllen.

»*God Morgon*«, murmelt sie verschlafen und ich küsse sie auf die Nasenspitze.

»Guten Morgen, *Solen*. Ich habe gerade erfahren, dass ein paar Bäume die Straßen blockieren. Bis sie wieder befahrbar sind, dauert es sicher noch ein paar Tage.«

Solveigh vergräbt ihre Nase an meiner Schulter und küsst mich in die Halsbeuge. Hitze krabbelt von dort aus durch meinen ganzen Körper. Ich schließe die Augen, um dem Gefühl so lange wie möglich nachspüren zu können.

»Das macht mir nichts, ich bin gern hier bei dir«, ertönt es gedämpft von meiner Schulter.

Ein Grinsen legt sich auf mein Gesicht und ich kann mich nicht erinnern, wann ich zuletzt so glücklich war.

»Was hältst du von Rührei zum Frühstück?«, frage ich.

Blitzartig setzt Solveigh sich im Bett auf, ihre grauen Augen leuchten voller Vorfreude. »Da fragst du noch? Ich mache Kaffee, du machst das Rührei«, sagt sie und springt mit so viel Elan aus dem Bett, dass ich nur lachend den Kopf schütteln kann.

Als wir uns umgezogen haben, erwartet uns in der Küche jedoch ein Problem. Auf den ersten Blick wird klar, dass wir weder Kaffee noch Rührei haben werden.

Mit einem tiefen Seufzer reibe ich mir über das Gesicht. »Ich muss erst in den Schuppen«, sage ich und deute auf den Herd, dessen Uhr nicht leuchtet. »So haben wir nicht mal Wasser.«

Solveigh verzieht das Gesicht. »O nein, du hast recht. Ohne Strom läuft ja auch die Wasserpumpe nicht. Was kann ich tun?«

Ich kratze mich am Kinn. Ein Blick aus dem Küchenfenster zeigt mir, dass es immer noch schneit, ich werde also eine Weile brauchen, bis ich mich zum Schuppen geschaufelt habe.

»Du könntest Feuer im Kamin machen und die Sachen aus dem Kühlschrank vor die Tür stellen«, schlage ich vor. »Dann brauchen wir den Notstrom nur, um Wasser abzufüllen. Ich will versuchen, den alten Herd in Gang zu kriegen, wenn ich zurück bin.«

Als ich kurz darauf aus der Haustür trete, fällt mein Blick auf den Teller, den wir am Abend zuvor dort stehen gelassen haben. Verwundert drehe ich mich zu Solveigh um. »Warst du das?«

Die Ernsthaftigkeit, mit der sie den Kopf schüttelt, lässt keinen Zweifel daran, dass hier entweder ein Weihnachtswunder geschehen ist oder sich ein Waldbewohner über ein unerwartetes Festmahl gefreut hat. Egal warum, der Teller ist leer und den Legenden zufolge bedeutet das, dass mir bis zum nächsten Weihnachtsfest die Hauswichtel hold sind.

Solveigh nimmt den Teller auf und deutet mit dem Kinn auf die Schneemassen vor uns. »Brauchst du Hilfe?«

Ich ziehe sie an mich und küsse sie. »Beim Schneeschippen nicht«, murmle ich an ihren Lippen und ernte dafür ein Lachen.

»Dann kümmere ich mich so lange um die Lebensmittel und das Feuer«, sagt sie und gibt mir noch einen Kuss, ehe sie mit dem leeren Teller im Haus verschwindet.

Zum zweiten Mal innerhalb von vierundzwanzig Stunden schaufle ich mir den Weg zum Schuppen frei. Dort stecke ich das Kabel des Notstromaggregats in die Steckdose, die mit dem Schaltkasten in der *Stuga* verbunden ist, und werfe es an. Keuchend und ratternd erwacht es zum Leben und ich bin froh, es vor nicht allzu langer Zeit auf Herz und Nieren geprüft zu haben.

Als ich sicher bin, dass es nicht gleich wieder ausgeht, lehne ich die Schuppentür an und kehre zu Solveigh zurück. In der *Stuga* ist es inzwischen warm und Solveigh hat alle verderblichen Lebensmittel auf die kleine Bank vor der Tür gestellt. In der Küche ist der Frühstückstisch gedeckt und ich mache mich rasch daran, ein paar Eier in der Pfanne zu verquirlen. Versprochen ist versprochen. Außerdem kann ich mit leerem Magen nicht richtig denken.

Als wir mit Kaffee, Eiern und Brot am Tisch sitzen, planen wir unseren Tag. Das Aggregat muss ich bald wieder abschalten, sonst ist das Benzin bis morgen Abend leer. Da wir aber nicht wissen, wie lange die Stadtwerke brauchen, um die Leitungen zu reparieren, müssen wir damit haushalten.

»Lass uns ein paar Flaschen Wasser abfüllen, dass es bis heute Abend reicht. Falls wir den Holzherd zum Laufen kriegen, können wir auch darauf kochen. Dann brauchen wir eigentlich gar keinen Strom.«

Solveigh sieht mich skeptisch an und nippt an ihrem Kaffee. »Ähm ... Und was ist, wenn wir aufs Klo müssen?« Ich grinse sie an und deute mit dem Daumen über meine Schulter aus dem Fenster. »Dafür haben wir ja das Plumpsklo.« Solveighs Blick spricht Bände und ich kann mir das Lachen nicht mehr verkneifen. »So ist das nun mal, wenn hier im Wald der Strom plötzlich weg ist. Ohne Strom kein Wasser, ohne Wasser keine Klospülung. Beinahe alles hier ist auf das Stromnetz angewiesen. Aber wenn wir Glück haben, brauchen die nur drei Tage, bis wieder alles normal läuft.«

Solveigh verschluckt sich an ihrem Kaffee. »Drei … drei TAGE?«, fragt sie mit schriller Stimme und starrt mich entgeistert an.

Ich lache noch lauter, lege meine Hand auf ihren Arm und streiche sanft darüber.

»Nein, ich glaube nicht, dass sie wirklich drei Tage brauchen. Aber da Weihnachten ist, weiß man nie.«

Sie dreht ihre Handfläche nach oben und verschränkt ihre Finger mit meinen, ehe sie sich zu einem raschen Kuss zu mir herüberbeugt. »Dann wollen wir uns mal an die Arbeit machen und den Herd zum Laufen bringen.«

Ehe sie aufstehen kann, ziehe ich sie näher an mich heran und vertiefe unseren Kuss, lasse meine Zunge über ihre Lippen gleiten und versinke in all dem, was durch meinen Körper pulsiert. Es dauert eine gefühlte Ewigkeit, bis wir uns schwer atmend voneinander lösen. Meine Hände in ihrem Haar vergraben, versinke ich in ihrem Blick. »Ich sollte«, beginne ich und küsse Solveigh auf die Nasenspitze, »jetzt wirklich«, fahre ich fort und verteile Küsse auf ihren Wangen, »den Herd anheizen«, beende ich meinen Satz und lehne meine Stirn an ihre.

Solveigh schluckt sichtbar, legt ihre Hände auf meine und nickt. »Ich helfe dir, dann geht es schneller«, murmelt sie. Widerstrebend lösen wir uns voneinander und stehen auf.

Vor dem Herd gehe ich in die Hocke, öffne das oberste Türchen. »Gib mir mal die Zeitung dahinten«, bitte ich und deute auf einen Stapel Altpapier neben der Tür.

Solveigh reicht mir die oberste, ich rolle sie zusammen und öffne den Deckel des Abluftrohrs.

»Was gibt das denn? Willst du im Rohr Feuer machen?«

Meine Mundwinkel ziehen sich nach oben und ich schüttle den Kopf. »Nein, damit wird der Kaminzug in Gang gebracht. Wenn der Herd lange nicht beheizt wurde, ist das notwendig. Sonst siehst du bald vor lauter Qualm den Raum nicht mehr.« Während meiner Erklärung hantiere ich weiter. Als alles bereit ist, halte ich Solveigh ein Stabfeuerzeug hin.

»Ich zünde gleich die Zeitung im Rohr an. Wenn ich *Jetzt* sage, bringst du den Haufen hier unten zum Brennen. Alles klar?«

Sie beäugt mein Werk, sieht mich an und nickt. »Dann los.«

Ich zünde das vordere Ende der Zeitung an, stecke sie in das Abluftrohr und warte einige Sekunden. Als ich sicher sein kann, dass der Kamin zieht, gebe ich das Kommando.

Solveigh zündet das eigentliche Feuer an und wenig später lodern die Flammen so kräftig, dass ich größere Holzstücke auflege. Binnen fünfzehn Minuten können wir die Zeitungsrolle entfernen, sämtliche Abluftklappen schließen und sogar schon Wasser für eine neue Kanne Kaffee auf dem Herd zum Kochen aufsetzen.

»Jetzt müssen wir nur dafür sorgen, dass uns das Feuer nicht ausgeht. Dann bleibt es warm und wir können kochen.«

»Ja, nur auf dem Klo friere ich mir weiterhin den Hintern ab«, nörgelt Solveigh, was ihr nur ein herzhaftes Lachen meinerseits einbringt.

»Tja, ich führe eben ein hartes Leben fernab der Zivilisation«, erwidere ich grinsend und ziehe sie für einen Kuss an mich.

Erst viel später erinnern wir uns daran, Holz nachzulegen und den Kaffee aufzubrühen. So und nicht anders will ich die eingeschneiten Tage hier verbringen. Je mehr, desto besser.

In der zweiten Nacht nach Heiligabend kommt der Strom zurück. An diesem Morgen muss ich nicht für Kaffeewasser in den Schuppen und auch den Kühlschrank können wir wieder befüllen. In der *Stuga* ist alles beim Alten, und wenn wir Glück haben, sind die Straßen bis morgen sogar wieder befahrbar. In meinem Brustkorb zieht es, sobald ich daran denke, dass unsere gemeinsame Zeit hier begrenzt ist und ich Solveigh bald wieder nach Hause bringen muss.

Dabei will ich sie nicht gehen lassen, jetzt noch nicht und eigentlich auch nie mehr.

Die Tage, an denen wir keinen Strom hatten, zählen jetzt schon zu den schönsten der letzten Jahre. Wir haben die ganze Zeit nichts anderes getan, als vor dem Kamin zu kuscheln, ab und an auf dem Herd in der Küche zu kochen und uns zu küssen. Wir haben unsere Körper erkundet, unseren Gefühlen die Zügel überlassen und ich habe mich nie im Leben vollständiger und glücklicher gefühlt als hier mit Solveigh.

Ich halte im Schneeschippen inne und starre, auf meine Schaufel gestützt, vor mich hin. Vielleicht bleibt sie noch ein wenig länger, wenn ich sie darum bitte? Wenn ich sie frage, ob sie den Jahreswechsel mit mir zusammen in der *Stuga* verbringt, egal wie sicher die Straßen sind?

»Du grübelst schon wieder«, raunt Solveigh in mein Ohr und ich zucke ertappt zusammen.

»Hm«, mache ich nur.

Solveigh stützt ihre Fäuste in die Hüften. Bei dieser Geste muss sie nicht fragen, was mich beschäftigt. Sanft nehme ich ihre Hände in meine und sehe sie an.

»*Solen*, ich glaube, spätestens morgen sind die Straßen wieder so weit befahrbar, dass ich dich nach Hause bringen kann.«

Ich räuspere mich und blicke ihr in die Augen. Sie sehen mich enttäuscht an, was mir wiederum Hoffnung gibt.

»Aber ich fände es wirklich schön, wenn du noch ein bisschen länger hierbleiben würdest. Vielleicht bis nach Silvester? Dann könnten wir das neue Jahr gemeinsam begrüßen.«

Statt zu antworten, küsst Solveigh mich so stürmisch, dass mir die Luft wegbleibt. Sie klammert sich an mich, als wolle sie mich genauso wenig loslassen wie ich sie.

»Heißt das, du bleibst?«, frage ich und sie nickt begeistert.

»Ich bleibe, solang du mich bleiben lässt«, murmelt sie an meinen Lippen. Die Kälte hat eine perfekte Röte auf ihre Wangen gezaubert, unter meiner Mütze, die sie vorhin aufgezogen hat, schauen ein paar vorwitzige Haarsträhnen hervor.

Für immer, denke ich. Ich wünschte nur, da würde nicht dieses elende Wissen an mir nagen, dass dem *Für immer* noch ein entscheidendes Detail im Weg liegt, von dem sie keine Ahnung hat. Und für das es mittlerweile vielleicht schon zu spät ist. Doch daran will ich hier und jetzt nicht denken.

Behutsam schiebe ich die Strähnen zurück unter Solveighs Mütze und gebe ihr einen Kuss auf die eiskalte Nasenspitze. »Du machst mich gerade sehr, sehr glücklich, weißt du das?«

Solveigh lächelt strahlend, schmiegt sich an mich und nickt. »Müssen wir noch viel länger Schnee schippen?«, brummt sie an meiner Schulter.

Ich schiebe sie ein Stück von mir weg und mustere sie. »Nicht wirklich. Hast du etwa keine Lust mehr?«

Mit einem verächtlichen Schnauben tritt Solveigh ein paar Schritte zurück. »Nein, ich hätte jetzt lieber was Heißes zu trinken. Was hältst du davon, wenn ich schon mal reingehe und Kaffee aufsetze und du hier den Rest machst?«

»Klar.« Ich bücke mich nach meiner Schaufel, die ich vorhin einfach in den Schnee habe fallen lassen. Solveigh wirft mir einen Kuss zu und geht rückwärst in Richtung *Stuga*, während ich die letzten paar Meter bis zum Schuppen in Angriff nehme.

»Yorick?«

Ich drehe mich in die Richtung, aus der ihr Ruf kommt, und prompt landet ein Schneeball in meinem Gesicht.

Mittendrin.

Verdutzt schüttle ich den Kopf, reibe mir den Schnee aus den Augen.

»Na warte!«, knurre ich.

144

Solveighs Lachen klingt laut und fröhlich, während ich einen Schneeball forme und ihn in ihre Richtung werfe. Kaum hat er sein Ziel getroffen, als Solveigh mich mit einer ganzen Salve attackiert. Wie konnte sie so schnell so viele Schneebälle formen?

Sie kichert inzwischen hemmungslos und schmeißt einen Ball nach dem anderen nach mir. Allerdings verfehlt sie ihr Ziel die meiste Zeit, so sehr muss sie lachen.

»Hol mal kurz Luft«, sage ich und nehme sie in den Arm, bis sie sich beruhigt hat.

Ich will schließlich eine ebenbürtige Gegnerin haben und keine, die sich vor Lachen kaum auf den Beinen halten kann. Solveighs ganzer Körper zuckt und ihre Fröhlichkeit steckt mich an, auch wenn ich keinen Lachanfall kriege.

»Wie wär's mit einer fairen Schneeballschlacht? Mit Vorbereitungszeit und Regeln?«, frage ich und Solveigh strahlt mich an.

»O ja!« Begeistert klatscht sie in die Hände. Und so stellen wir Regeln auf, von denen wir wissen, dass wir sie nicht befolgen werden, und formen anschließend jeder unsere Munition.

Als mich ihr erster Schneeball trifft, heißt es *Game On!* Wir schenken uns nichts, keiner weicht zurück, und erst als wir keuchend und lachend in den Schnee fallen, schließen wir Waffenstillstand.

»Unentschieden! Es steht definitiv unentschieden!«, japst Solveigh und sieht wunderschön aus.

Ihre Wangen sind noch rosiger als vorhin und ihre Hände sind vermutlich so eiskalt wie meine.

Ewig könnte ich so weitermachen, doch Solveigh

stemmt sich vom schneebedeckten Boden hoch. »Ich erfriere gleich«, murrt sie. »Lass uns reingehen. Die Sonne geht bald unter und so langsam spüre ich meine Zehen nicht mehr.«

Meinen Zehen geht es prächtig, aber ich stimme ihr dennoch zu. Viel lieber möchte ich sie im Warmen küssen, als im Kalten gegen ihre Schneebälle zu kämpfen. »Ja, ich glaube, das ist eine gute Idee.«

Solveigh strahlt mich an und schiebt ihre eiskalte Hand in meinen Nacken. Als ich zusammenzucke, lacht sie auf. *Kleines Biest.* Mit einem schnellen Griff packe ich sie und hieve sie mir über die Schulter. Solveigh kreischt und zappelt, doch gegen mich hat sie keine Chance. Erst unterm Vordach lasse ich sie runter und küsse sie zum wiederholten Mal. Ich kann einfach nicht genug von dieser Frau kriegen. Sie ist alles, was ich mir je erträumt habe. Und so viel mehr. Mit ihr verblassen alle schlechten Erinnerungen zu einem unwichtigen Nebel, bleibt nur Raum für Herzklopfen und Glücksgefühle.

Als wir endlich unsere Stiefel ausgezogen und unsere Jacken an der Garderobe aufgehängt haben, folge ich Solveigh ins Innere. Im Wohnzimmer schüre ich das Feuer und Solveigh steuert das Bad an. Über die Schulter hinweg wirft sie mir ein unschuldiges Lächeln zu. »Ich brauche jetzt eine heiße Dusche, so kalt wie mir ist. Frierst du nicht?«

Meine Antwort auf ihre Frage gleicht einem Knurren und mit zwei Schritten bin ich bei ihr, ziehe sie in meine Arme und küsse ihren Hals. »O doch. Und wie«, raune ich.

Solveigh lässt den Kopf in den Nacken sinken und murmelt zustimmend. Ich dirigiere sie ins Bad, wo ich sie Stück für Stück aus ihren Sachen schäle. Als sie nackt vor mir steht, halte ich den Atem an.

Rasch drehe ich die Dusche auf und ziehe mich aus. Solveigh mustert mich unverhohlen von oben bis unten und ihr Blick spiegelt genau das wider, was ich bei ihrem Anblick fühle. Ehrfurcht, Neugier und Verlangen. Sie macht einen Schritt auf mich zu und legt ihre Hand auf meine nackte Brust, spürt meinen trommelnden Herzschlag. Ihr Kuss ist beinahe keusch, doch kaum öffne ich die Lippen, wird er forscher.

Ich ziehe sie an mich und schiebe sie dann vor mir her unter den Wasserstrahl, ohne den Kuss zu unterbrechen. Ihre Hände wandern über meinen Körper und lassen mich erschaudern, meine Erektion drückt gegen ihren Bauch. Von den Haarspitzen bis in den kleinen Zeh vibriert mein Körper vor Begehren.

Ich nehme ihr Gesicht in meine Hände, küsse ihre Wangen, ihren Hals, lasse Hände und Lippen wandern, während das Wasser auf uns einprasselt. Solveigh gibt ein Geräusch von sich, das mir direkt in die Lenden fährt und meine Erregung noch weiter anfacht, wenn das überhaupt möglich ist.

Langsam lasse ich von ihr ab, drehe sie um, sodass sie mit dem Rücken an mir lehnt, und nehme dann die Seife von der Ablage. Behutsam seife ich ihre Haare und ihren gesamten Körper ein, lasse keine Stelle aus.

Als sie von oben bis unten voller Schaum ist, streckt sie die Hand aus.

»Jetzt du«, haucht sie und beginnt mit ihren zarten Händen das gleiche Spiel bei mir. Sie dreht mich um und seift meinen Rücken ein. Als sie mein Tattoo auf der linken Schulter entdeckt, fährt sie die Linien mit dem Finger nach. Ich erschaudere, meine Atmung geht schneller. »Sind das Odins Raben?«

Ich kann nur nicken, denn ihre andere Hand wandert tiefer. Als sie sich um meine Erektion schließt, entweicht mir ein Stöhnen und ich muss mich an der Wand abstützen. »Solveigh«, krächze ich, doch sie lässt nicht ab. Ihre Bewegungen bringen mich fast um den Verstand.

Ihr nasser Körper drückt sich an meinen Rücken, ich spüre ihre Brüste und meine Hand wandert nach hinten, um ihr die gleichen wundervollen Gefühle zu bescheren wie sie mir. Ich finde, was ich suche, und ihre Reaktion darauf schubst mich beinahe über die Klippe.

Während das Wasser den Schaum von unseren Körpern spült, stehen wir aneinandergedrängt, unser Atem wird schneller und ich kann nicht sagen, wessen Höhepunkt heftiger ist. Ich weiß nur, dass die Götter mir diese Frau geschickt haben müssen.

Keuchend drehe ich mich zu Solveigh um, ziehe sie an meine nasse Brust und halte sie fest.

»Das war …« Ich muss schlucken und küsse Solveigh sanft auf die Schläfe.

»Unglaublich?«, schlägt sie vor und ich muss lachen.

»Ja. Unglaublich gut«, stimme ich ihr zu und schwöre mir, sie niemals wieder gehen zu lassen.

Eine Gänsehaut überzieht ihren Körper und jetzt merke ich erst, dass das warme Wasser verbraucht ist, denn mein Körper und mein Herz stehen in Flammen. Rasch stelle ich den Strahl ab, ohne sie aus meinen Armen zu lassen, und angle nach einem Handtuch, das über der kleinen Heizung hängt. Behutsam wickle ich sie darin ein, schnappe mir mein eigenes nicht vorgewärmtes Handtuch und schlinge es nachlässig um meine Hüften.

Schnell laufen wir aus dem kleinen Badezimmer vor den warmen Kamin, wo ich Holz nachlege. Das Handtuch eng um sich geschlungen, setzt sie sich vor das Feuer und sieht auffordernd zu mir auf. Ich gebe ihr einen Kuss auf den Scheitel und deute mit dem Daumen nach oben.

»Warte hier, *Solen*. Ich hole frische Klamotten, oben ist es ziemlich kalt.«

Solveigh nickt und ich laufe in Windeseile in mein Schlafzimmer, ziehe mich an und bin kurz darauf mit frischen Sachen zum Anziehen für sie zurück.

»Hier«, sage ich und halte ihr einen Stapel Wäsche hin. Sie beäugt meine Boxershorts, die auf einem meiner Hemden liegen, und hebt die Augenbrauen.

»Ich habe frische Unterwäsche im Schrank«, meint sie und ich kann mir ein Grinsen nicht verkneifen.

»Weiß ich, aber ich finde meine Boxershorts an dir einfach sexy.«

Hitze flackert in ihrem Blick auf und mein Körper reagiert prompt darauf.

Während ich beobachte, wie Solveigh sich meine Sachen anzieht, breitet sich in mir ein warmes Gefühl aus, nistet sich in jedem Winkel meines Körpers ein. Ich lächle ihr noch einmal zu und gehe dann in die Küche, koche uns Kaffee und richte ein schnelles Abendessen her. Mir ist eingefallen, dass ich alle Zutaten für *Räcksmörgås* dahabe. Also schmiere ich Butterbrote, belege sie mit

Gurkenscheiben, staple eine großzügige Portion Krabben darauf und garniere das Ganze mit hart gekochten Eiern. Für den extra Pfiff gebe ich noch einen Spritzer Zitrone darüber.

Zufrieden mit meiner Kreation, trage ich alles zu Solveigh ins Wohnzimmer. Sie liegt zusammengerollt vor dem Kamin und ist eingeschlafen. Leise stelle ich das Tablett mit unserem Abendessen auf dem Sofatisch ab und nehme eine Decke von der Couch. Sie sieht so friedlich aus, wie sie daliegt, dass ich sie unter keinen Umständen wecken will. Behutsam breite ich die Decke über ihr aus und schiebe sachte eines der kleinen Kissen, die mir Lilja im letzten Jahr geschenkt hat, unter ihre Wange. Dann mache ich es mir auf dem Sofa bequem, esse meine Portion *Räcksmörgås* und trinke Kaffee, während ich abwechselnd aus dem Fenster in die Dunkelheit starre und Solveigh betrachte.

In diesem Moment wünsche ich mir nichts sehnlicher, als dass sie für immer bei mir bleibt, die Frau an meiner Seite wird. Dass wir unsere Vergangenheit hinter uns lassen und in eine gemeinsame Zukunft blicken können. Die Frage ist nur, ob sie sich wirklich für eine Zukunft mit mir entscheiden kann, wenn sie nicht die ganze Vergangenheit kennt.

Lange sitze ich so da, hänge meinen Gedanken und Gefühlen nach, ehe ich leise aus dem Wohnzimmer schleiche und nach oben gehe. Aus meinem Schlafzimmer und der Abstellkammer hole ich sämtliche Decken und Kissen, die ich finden kann, um uns vor dem Kamin ein gemütliches Lager zu bauen. Ich will Solveigh nicht wecken, um sie ins Bett zu bringen, daher bringe ich das Bett eben zu ihr.

Unten breite ich alles auf dem Boden vor dem Kamin aus, hebe Solveigh behutsam auf das provisorische Lager. Dann lege ich mich zu ihr und ziehe sie in meine Arme. Ich decke uns beide zu, und kaum dass mein Kopf das Kissen berührt, überkommt auch mich die Müdigkeit. Mein letzter Gedanke gilt der Frau in meinen Armen und dann folge ich ihr ins Land der Träume.

Fünfzehntes Kapitel

Zitternd wache ich auf. Der Schrecken steckt noch in jedem meiner Knochen. Ich kann Yorick neben mir spüren, seine Hand ruht auf meiner Hüfte, sein Atem streift meinen Nacken. Was mich im Traum so erschreckt hat, dass ich davon aufgewacht bin, kann ich nicht mehr sagen. Aber jetzt bin ich hellwach und werde nur schwer wieder einschlafen können.

Vorsichtig, um Yorick nicht zu wecken, drehe ich mich von ihm weg und stehe leise auf. Ich muss den schalen Geschmack in meinem Mund loswerden. Und dringend aufs Klo. Das zu allererst.

Die Badezimmertür quietscht, als ich sie öffne, und ich sehe zu Yorick zurück, der sich aber glücklicherweise nicht rührt. Viktor hat mir immer deutlich zu verstehen gegeben, was er davon hielt, wenn ich nicht mehr schlafen konnte und stattdessen aufgestanden bin. Irgendwann hatte ich das Herumschleichen wie eine Diebin perfektioniert.

Ich seufze. Der Gedanke an ihn erinnert mich daran, dass es noch ein paar Dinge gibt, die ich unbedingt aus der Wohnung holen muss. Ich will einen endgültigen

Schlussstrich ziehen, um Viktor auch wirklich klarzumachen, wie es um meine Gefühle jetzt steht.

In der Küche hole ich mir ein Glas aus dem Regal und fülle es mit Leitungswasser. Es ist so klar und eiskalt wie zu Hause und schmeckt noch besser. In der Stadt ist das Leitungswasser nicht annähernd so gut und ich habe selten direkt aus dem Hahn getrunken. Aber hier, mitten in der Natur, kommt es aus dem Tiefbrunnen, der direkt auf dem Grundstück liegt und uns mit frischem Wasser versorgt.

Draußen funkeln unzählige Sterne am Nachthimmel, Neumond ist erst wenige Tage her und die Mondsichel ist von hier aus nicht zu sehen. Doch mittlerweile haben sich meine Augen an die Dunkelheit gewöhnt und ich kann die Umrisse der Bäume ausmachen. Es ist so friedlich und so ruhig hier, dass ich eigentlich nie wieder wegwill. Aber ich weiß nicht, wann ich wieder zurückmuss. Wann Yorick seine Oase der Ruhe wieder ganz für sich allein haben will.

Mit einem leisen Aufschrei schrecke ich zusammen, als sich Arme von hinten um meine Taille legen.

»*Solen*«, murmelt Yorick beruhigend in mein Haar, und ganz langsam klopft mein Herz wieder in einem normalen Takt. »Warum stehst du hier in der dunklen Küche? Es ist mitten in der Nacht.«

Ich lehne den Kopf zurück gegen seine Schulter. »Ich habe schlecht geträumt und hatte Durst.«

Obwohl ich ganz leise gesprochen habe, scheint er jedes Wort genau verstanden zu haben, denn er nimmt mir behutsam das leere Wasserglas ab, stellt es in die Spüle und dreht mich zu sich um. Seine Hand streicht mir eine Strähne hinters Ohr. »Willst du mir davon erzählen?«

Verblüfft blicke ich ihn an. »Du willst wissen, was ich geträumt habe?«

Yorick nickt, als wäre es selbstverständlich. Und vielleicht ist es das für ihn auch. Dennoch schüttle ich den Kopf, da ich den Traum sowieso nicht mehr greifen kann. Aber ich habe eine gewisse Vermutung, um was es ging. Und dahin will ich nun nicht zurückkehren.

»Vielleicht, wenn es hell ist. Jetzt würde ich viel lieber wieder zurück ans Feuer.«

Ich glaube, Yorick lächeln zu sehen, als er meine Hand und mich mit ins Wohnzimmer nimmt, wo das Feuer inzwischen wieder brennt. Gemeinsam lassen wir uns auf dem Lager nieder, das Yorick errichtet haben muss, während ich geschlafen habe.

»Du hättest mich ruhig wecken können«, sage ich und zeige auf die Decken und Kissen, die vor dem Kamin liegen, damit wir es bequem haben.

Yorick legt den Kopf schief. Sein Grinsen stellt Dinge mit mir an, die ich lange nicht gespürt habe.

»Dann wäre mir aber das hier entgangen«, meint er und zeigt auf uns beide im Feuerschein. Bilde ich mir das ein oder ist seine Stimme plötzlich eine Nuance dunkler und sein Blick intensiver als noch vor wenigen Momenten?

Yorick rutscht näher zu mir, verschränkt seine Finger mit meinen und sein Daumen zieht langsame Kreise über meinen Handrücken. Ein Schauer läuft mir über den Rücken, einer von der angenehmen Sorte. Als er seine andere Hand an meine Wange legt, schließe ich die Augen.

»Solveigh, sieh mich an«, flüstert er heiser, und als ich die Lider wieder hebe, küsst er mich. Langsam, vorsichtig.

In meinem Innern löst sich ein Knoten, den ich zuvor nicht einmal wahrgenommen habe.

Seine Hände graben sich in meine Haare, als der Kuss tiefer, fordernder wird, und das Seufzen, das an mein Ohr dringt, kommt eindeutig von mir. Yorick zieht mich auf seinen Schoß, und da wir beide nur dünne Sachen anhaben, spüre ich deutlich, was das hier mit ihm macht. Und mit mir.

Ich lasse meine Hände unter sein T-Shirt wandern, fahre die leicht definierten Muskeln nach. Yorick tut es mir nach, und als seine Hand sich der Unterseite meiner Brüste nähert, atme ich scharf ein. Diese Stelle war schon immer am empfindlichsten und Yorick scheint auf Anhieb zu wissen, was es mit mir anstellt, wenn er hauchzart darüberstreicht.

Knopf für Knopf öffnet er das Hemd, das er mir gestern zum Anziehen gegeben hat. Unendlich langsam streift er es mir von den Schultern, ohne auch nur eine Sekunde die Augen von mir abzuwenden. Ich lasse mich zurücksinken, stütze mich auf meine Unterarme und genieße den hungrigen Blick, der über meinen nackten Oberkörper streift.

»Du bist wunderschön«, flüstert er und seine raue Stimme verursacht mir Gänsehaut.

Ich weiß, wohin diese Blicke, die Liebkosungen führen werden, und ich kann es kaum erwarten. Trotzdem will ich jede Sekunde auskosten, jede Berührung genießen. Es ist lange her, dass jemand meinen Körper, dass jemand *mich* so betrachtet hat, wie Yorick es gerade tut. Als er sich vorbeugt, um besagte Stelle unter meinen Brüsten zu küssen, kann ich ein Aufseufzen nicht unterdrücken. Yoricks Lippen wandern weiter, erkunden jeden Zentimeter meiner nackten Haut und bringen mich fast um den Verstand. Ich will mehr, will ihn Haut an Haut spüren und richte mich auf, um ihm das T-Shirt über den Kopf zu zerren.

Er lacht leise. Sanft streiche ich über sein linkes Schulterblatt, auf dem ich Hugin und Munin, Odins Raben, weiß, und auch auf Yoricks Haut bildet sich eine Gänsehaut. Unsere Blicke kreuzen sich und ich lese das gleiche Verlangen in seinem, das auch in meinem Innern tobt. Langsam lasse ich mich auf die Decken zurücksinken und ziehe Yorick mit mir. Der nächste Kuss ist fordernder, heißer und forscher als alle zuvor, und als seine Hand langsam über meine Brüste tiefer wandert, weiß ich, dass ich alles will.

Ich will Yorick, wie ich noch niemanden je gewollt habe. Meine Hand zerrt an seiner Pyjamahose und ich fühle ihn an meinen Lippen lachen.

»Nicht so ungeduldig«, murmelt er und unterbricht den Kuss, um mir die Boxershorts und sich die Pyjamahos auszuziehen.

Sein Anblick, als er in seiner ganzen Pracht vor mir kniet, lässt mich das Atmen vergessen. Das Feuer lodert in seinem Rücken und umrahmt seine Silhouette mit warmem Licht. Er hält mich nicht auf, als meine Hand über seinen Bauch hinunterwandert und sich um seine Erektion schließt.

Das Geräusch, das aus seiner Kehle dringt, jagt ein Kribbeln in jede einzelne meiner Zellen. Sein Mund liebkost jede Stelle meines Körpers, jede Berührung sendet kleine Stromschläge über meine Haut. Noch nie hat mir ein Mann solche Gefühle und Empfindungen entlockt, noch nie habe ich mich so geliebt und begehrt gefühlt.

Unser Atem geht schneller, unsere Hände wandern über unsere Körper, forschen, suchen, finden. Bis ich irgendwann nicht mehr weiß, wo ich ende und er anfängt, bis wir eins sind und bleiben. Bis mein Herzschlag zu einem Crescendo ansetzt, das in einem Feuerwerk der Gefühle explodiert.

Die Sonnenstrahlen brechen sich in den Schneekristallen und bringen die ganze Welt vor dem Fenster zum Glitzern. Gebannt betrachte ich das Naturschauspiel, ich kann mich gar nicht an all den funkelnden Punkten sattsehen.

Das Geräusch, als Yorick hinter mir aufsteht, lässt mich lächeln, doch ich kann meinen Blick nicht von dem Lichterschauspiel vor dem Fenster abwenden. Er tritt hinter mich, schlingt seine Arme um meinen Körper und vergräbt seine Nase in meinem Haar.

»*God Morgon*«, murmelt er schlaftrunken.

Nun drehe ich mich halb zu ihm um. Nur mit seiner Flanell-Pyjamahose bekleidet steht er da und ich streiche mit der Hand sanft über seinen nackten Oberkörper. Der Blick, den er mir zuwirft, ist eindeutig. Trotzdem ist sein Kuss sanft statt fordernd.

»Kaffee?«, fragt er und ich muss lächeln. Er weiß genau, was ich als Erstes am Morgen brauche, um wirklich zu funktionieren.

»Auf jeden Fall. Ich setze gleich welchen auf.«

Yorick küsst mich auf die Nasenspitze und schüttelt den Kopf. »Genieß die Sonne.«

Damit lässt er mich los. Als er zur Tür geht, wandert mein Blick zu seinem Tattoo auf dem Schulterblatt und ich könnte schwören, dass Hugin und Munin mich angrinsen. Mit einem glücklichen Seufzen wende ich mich wieder dem Schnee zu, während ich den Geräuschen aus der Küche lausche.

Wenig später kehrt Yorick zurück, zwei Tassen dampfenden Kaffees in den Händen, und reicht mir eine von ihnen. Er stellt sich ganz dicht neben mich, legt seinen freien Arm um mich und ich kuschle mich an ihn. In diesem Moment will ich nirgends anders sein als hier, in den Armen dieses Mannes, mit einer Tasse Kaffee und der erwachenden Welt direkt vor dem Fenster.

»Woran denkst du?«, fragt Yorick nach einer Weile und streicht mir eine Haarsträhne hinter das Ohr.

»An unsere Nacht«, flüstere ich.

»Hm, das müssen wir sehr bald wiederholen«, brummt er und ich spüre die Wärme meine Wangen hochkriechen.

Da ich meiner Stimme nicht traue, nicke ich nur und spüre Yorick leise lachen. Sein ganzer Körper vibriert dabei und verursacht mir eine Gänsehaut.

»Aber vielleicht nicht gleich. Der Tag ist so schön, wir sollten ihn nutzen«, schlägt er vor. »Warst du schon mal eisangeln?«

Ich schüttle den Kopf.

»Dann wird es Zeit. In zehn Minuten treffen wir uns vor dem Schuppen«, sagt er.

Im Gästezimmer tausche ich sein Hemd gegen meine eigenen Sachen, wühle noch nach dicken Socken und stehe nach neun Minuten fix und fertig parat.

Yorick grinst mich an, drückt mir einen Eimer und eine kurze Angelrute in die Hand und bedeutet mir, ihm zu folgen. Kritisch beäuge ich den riesigen Handbohrer, den er mit sich trägt.

»Bist du dir sicher, dass der See schon so weit zugefroren ist, dass wir den brauchen?«, frage ich.

Yorick wiegt den Kopf hin und her. »In zwei Monaten wird das Eis um einiges dicker sein. Aber durch den vielen Schnee hat sich schon eine ordentliche Schicht gebildet.«

Wir brauchen nicht lange, um eine geeignete Stelle zu finden, an der Yorick den Bohrer ansetzt und ein handtellergroßes Loch bohrt. Anschließend klappt er die beiden Hocker auf, die er zusammengefaltet auf dem Rücken hergetragen hat, und stellt seinen Rucksack daneben.

In aller Ruhe erklärt er mir, worauf ich achten muss, und wenig später sitzen wir nebeneinander auf dem zugefrorenen See und warten darauf, dass ein Fisch anbeißt.

Ich war nie ein großer Angel-Fan. Aber diese neue Erfahrung zusammen mit Yorick zu machen, besonders nachdem wir uns in der Nacht zuvor so nahe waren, macht mich geradezu verrückt glücklich.

Lange harren wir so nebeneinander in der Kälte aus, wechseln nur wenige Worte. Ab und an gießt Yorick Kaffee aus einer Thermoskanne in unsere Emaille-Becher, um uns von innen zu wärmen.

»Sag mal, sind die so alt wie der Herd in der Küche?«, frage ich und deute auf meinen Becher.

Yorick lächelt melancholisch. »Nicht ganz. Es war ein Hochzeitsgeschenk meiner Eltern, und da sie sich gut für draußen eignen, haben sie sie hierher in die *Stuga* gepackt.«

160

»Deshalb schauen sich die Dalapferdchen darauf an?«
Yorick nickt und ich fühle mich ihm gleich noch ein bisschen näher. »Sie müssen dir viel bedeuten, wenn du sie
immer noch benutzt«, sage ich leise.

Wieder ein Nicken. Sein Blick schweift in die Ferne ab.
»Sie erinnern mich an glückliche Tage im Sommer, an das
Lachen meiner Mutter.« Er wendet sich mir zu. »Ich lasse
nur ganz besondere Menschen daraus trinken.«

In diesem Moment gibt es für mich keinen Zweifel
mehr, dass Yorick der Mann ist, dem mein Herz von nun
an immer gehören wird.

Plötzlich zerrt etwas an unserer Angelschnur und ich
kann mich vor Aufregung kaum halten.

»Yorick, schau! Da beißt einer an!«

Sein kehliges Lachen hallt über den See und seine Augen
leuchten vor Freude. Er zeigt mir, wie ich unseren Fang
einholen kann. Der Fisch, der sich durch das Loch im Eis
zwängt, ist groß genug, um uns beide satt zu machen.

»Wow, das nenne ich mal einen prächtigen Fang!« Die
Anerkennung in Yoricks Stimme versetzt mich in Hoch-
stimmung und ich kriege das selige Grinsen nicht mehr aus
meinem Gesicht. Gemeinsam kehren wir ans Ufer zurück,
wo er eine alte Feuerschale mit Holz gefüllt hat, über der
ein Grillrost baumelt. Während er fachmännisch den Fisch
ausnimmt, zünde ich das Feuer an und wenig später weht
ein betörender Duft über den See, der mir das Wasser im
Munde zusammenlaufen lässt.

In gemütlichem Schweigen verspeisen wir unser Mittagessen und in diesem Moment kann ich mir keinen schöne-
ren Ort, kein besseres Essen vorstellen. Am liebsten würde

ich hier nie mehr weg. Vielleicht gewährt mir das Schicksal diesen Wunsch, wenn ich es am Feuer stumm darum bitte.

Mein Handy vibriert so unerwartet in meiner Tasche, dass ich vor Schreck den letzten Bissen fallen lasse.

Ich angle nach dem Handy, werfe einen Blick darauf und schließe gequält die Augen.

»Viktor«, grummle ich.

Was will er denn noch? Hat er meine Worte bei unserem letzten Telefonat nicht begriffen? Waren all die unbeantworteten Nachrichten und abgelehnten Anrufe nicht Zeichen genug?

Yorick sieht mich abwartend an. Mit klammen Fingern nehme ich das Gespräch entgegen.

»Ja?« Meine Stimme klingt heiser.

»Baby! Wird ja auch Zeit, dass du mal abnimmst. So langsam glaube ich, dass du ewig schmollen willst.«

Für einen kurzen Moment glaube ich, im falschen Film zu sein. Ich suche Yoricks Blick, etwas, woran ich mich festhalten kann.

»Viktor, ich schmolle nicht. Das zwischen uns ist vorbei. Das habe ich dir schon vor Tagen gesagt.«

Die Stille am anderen Ende verrät mir eine ganze Menge. Ich kenne Viktor lange genug, um zu wissen, wann sein Zorn unter der Oberfläche brodelt.

Yoricks Hand legt sich um meine, hält mich fest. Dankbar lächle ich ihn an, schlucke gegen die Beklemmung in meiner Brust an.

»Das war doch wohl ein Scherz.« Viktors Stimme schneidet in meine Gedanken. »Du kannst nicht ernsthaft alles wegwerfen, was wir hatten.«

Mein Mund ist so trocken, dass ich kaum ein Wort herausbringe. Wie kann er einfach nicht begreifen, dass ich ihm seine Seitensprünge nicht verzeihe?

»Du. Du hast alles kaputt gemacht, was wir hatten. Du hast mich betrogen. Und das werde ich dir nicht verzeihen. Wann kapierst du das endlich?«

Yorick rückt ein Stück näher an mich heran, legt einen Arm um meine Schulter. Sein stummes Versprechen, mich nicht allein zu lassen, gibt mir die Kraft für meine nächsten Worte.

»Ich komme später vorbei und hole meine Sachen ab. Vielleicht wird dir dann endlich klar, dass es zwischen uns endgültig aus ist.«

Was Viktor darauf antwortet, höre ich nicht mehr. Mein Finger drückt wie von selbst auf den roten Knopf, ehe ich das Handy zurück in meine Tasche stopfe. Erschöpft lasse ich mich gegen Yorick sinken.

»Fährst du mich zu ihm?«, frage ich flüsternd und spüre, wie Yorick sich anspannt. »Wenn du in der Nähe bist, fällt es mir leichter, noch mal in die Wohnung zu gehen.«

Yorick seufzt einmal tief und drückt meine Schulter.

»Natürlich, *Solen*. Was immer du brauchst.«

Sechzehntes Kapitel

Beklemmung setzt sich auf meine Brust, als wir in der Slottsgatan halten. Mein Blick huscht zu den hell erleuchteten Panoramafenstern im obersten Stock, doch Viktor ist nirgends zu sehen. Vielleicht habe ich Glück und er ist nicht zu Hause.

Yorick greift nach meiner Hand, beugt sich für einen kurzen Kuss zu mir herüber.

»Ich warte hier beim Auto. Ein Zeichen von dir und ich bin sofort an deiner Seite.« Seine Stimme klingt rau, fast nervös. Er fährt sich durch die Haare, schmiegt eine Hand an meine Wange. »Egal, was passiert, Solveigh. Meine Gefühle für dich werden sich nie ändern«, murmelt er und in meinem Magen verdichtet sich der Klumpen, der sich seit unserer Ankunft vor wenigen Minuten dort eingenistet hat. Eigentlich will ich nicht dort hoch. Aber es gibt ein paar Sachen, die ich unbedingt wiederhaben will. Also ignoriere ich das nagende Gefühl der Unsicherheit

Ich lehne meine Stirn an seine, schließe kurz die Augen und atme tief ein. »Danke.«

Mit einem letzten Kuss löse ich mich von ihm und steige aus der Wärme des Autos in die beißende Kälte des

Winterabends hinaus. Ich höre Yoricks Tür zufallen und drehe mich zu ihm um. Er kommt an meine Seite und lehnt sich mit verschränkten Armen an die Beifahrertür.

»Ich rühre mich nicht vom Fleck«, sagt er noch einmal und küsst mich auf die Schläfe.

Mit erhobenem Kinn und gestrafften Schultern laufe ich den kurzen Gartenweg bis zur Haustür entlang. Noch habe ich einen Schlüssel.

Die Treppe kommt mir unendlich lang vor. Wieder meine ich, ein Ächzen der Balken zu hören, wie am Lucia-Abend. Die Bilder, die ich so dringend verdrängen will, blitzen vor meinem inneren Auge auf und ich muss schlucken. Vor der Tür, hinter der so viele Jahre lang mein zu Hause war, hole ich einmal tief Luft. Noch bevor ich den Schlüssel in das Schloss gesteckt habe, öffnet Viktor von innen.

»Du kommst spät.« Sein ganzer Körper versperrt mir den Weg. Aber es wird ihm nicht gelingen, mich einzuschüchtern.

»Wir haben keine Uhrzeit ausgemacht. Und jetzt lass mich durch, damit ich meine Sachen holen kann.«

Viktor lehnt immer noch mit der Schulter am Türrahmen, mustert mich von oben bis unten. Ich trete einen Schritt auf ihn zu, weiche aber seiner Hand aus, die sich in mein Haar graben will.

Mitten in der Bewegung hält er inne, seine Nasenflügel blähen sich. »Was? Darf ich dich jetzt nicht mal mehr anfassen?«

»Nein. Viktor, du hast mir einmal die Welt bedeutet. Aber diese Welt ist endgültig zusammengebrochen, als ich dich mit Paola erwischt habe.«

Er will etwas erwidern, doch ich hebe die Hand. »Es zu ahnen ist das eine. Aber mit eigenen Augen sehen zu müssen, dass ich dir nicht gut genug bin …« Ich schüttle den Kopf, spüre wieder diesen Schmerz, der mich wie Glasscherben schneidet. Das Gefühl, verlassen worden zu sein, strahlt von dem Klumpen in meinem Magen aus und nistet sich in jeder Zelle meines Körpers ein.

Viktor mustert mich stumm, seine Mundwinkel zucken. »Gibt es einen anderen?«, ist nach einer gefühlten Ewigkeit alles, was er hervorbringt.

Ich kann mich gerade noch davon abhalten, die Augen zu verdrehen. »Das hat mit all dem hier nichts zu tun«, weiche ich seiner Frage aus. »Und jetzt lass mich bitte durch, ich will das hier hinter mich bringen.« Als ich schon beinahe damit rechne, mich an ihm vorbeidrängen zu müssen, tritt er endlich zur Seite.

Ich gehe an ihm vorbei ins Wohnzimmer, ziehe ein paar Bücher aus dem Regal und stopfe sie in die Tasche, die ich mitgebracht habe. Vom Sideboard nehme ich das gerahmte Bild, das mich und meine Mutter zeigt, ein Jahr vor ihrem Tod. Es ist das Einzige, was mir hier wirklich wichtig ist.

Als Letztes muss ich ins Schlafzimmer, obwohl ich diesen Raum nie wieder betreten wollte. Aber es gibt einige Klamotten in meinem Schrank, an denen ich hänge. Also überwinde ich meinen inneren Widerstand, stopfe alles, was für mich von Bedeutung ist, in meine Tasche und kehre ins Wohnzimmer zurück, ohne das Bett eines Blickes zu würdigen.

Viktor steht an den Panoramafenstern und sieht auf die Straße hinunter. Seine angespannten Schultern zeigen mir deutlich, dass er Yorick unten stehen sieht. Und dass er ahnt, warum er hier ist.

»Da hast du dich also versteckt. Er hat es wirklich geschafft, oder?«, knurrt Viktor.

»Was meinst du damit?«, frage ich.

Er wendet sich zu mir um, sein Blick ist eisig. »Dich einzulullen. Als du von der Bildfläche verschwunden bist, hätte ich mir nie träumen lassen, dass du dich ausgerechnet bei ihm verkriechst. Woher wusstest du, wo er wohnt?«

In meiner Magengegend kribbelt es, aber diesmal ist es eine ungute Vorahnung.

Er macht einen Schritt auf mich zu, noch einen Schritt. Ich weiche zurück, versuche, seiner Nähe zu entkommen, die mir die Luft zum Atmen nimmt. Mein Blick huscht zu den Fenstern, ich wünschte, ich säße schon längst wieder in Yoricks Auto.

»Niemals hätte ich gedacht, dass du ihm seine Lügen so schnell verzeihst.«

Viktor muss sehen, dass ich keine Ahnung habe, wovon er spricht. Er kommt mir noch näher, seine Augen verengen sich zu Schlitzen. Lange mustert er mich, bis sich Erkenntnis auf seinem Gesicht abzeichnet. Sein abfälliges Lachen lässt mich frösteln.

»Er hat es dir gar nicht gesagt«, stellt er fest und die Genugtuung in seiner Stimme ist nicht zu überhören.

»Was hat er mir nicht gesagt?«, flüstere ich, obwohl ich es eigentlich gar nicht hören will.

»Dass er es gewusst hat. Er wusste von jeder einzelnen Frau, mit der ich dich betrogen habe. Nur hat er dir auch nie einen Ton gesagt.«

Viktors Worte sind wie ein Schlag gegen die Brust, alle Luft entweicht meinen Lungen. Ich stolpere rückwärts. »Das ist nicht wahr. Das würde er nicht tun«, bringe ich hervor. Und doch treten mir Tränen in die Augen.

Viktor lacht so höhnisch, dass mir schlecht wird. »O doch, Solveigh, es ist wahr. Jedes Wort. Dein Yorick hat genau gewusst, dass ich dir nicht treu bin. Aber anstatt dir die Wahrheit zu sagen, hat er den Schwanz eingezogen und ist verschwunden.«

Vor meinen Augen zucken Blitze, in meinem Kopf herrscht völliges Chaos. Unfähig, einen klaren Gedanken zu fassen, klaube ich meine Tasche vom Boden auf, drehe mich um und fliehe durch das einst so vertraute Treppenhaus nach draußen. Wo der Mann auf mich wartet, der mein Herz in den Händen hält.

Sobald ich durch die Tür stolpere, fällt mein Blick auf Yorick, sein Gesicht. Und in dem Moment, in dem unsere Blicke sich treffen, weiß ich, dass Viktor recht hatte. Denn in Yoricks Augen liegt die mit Schuld getränkte Erkenntnis, dass ich es weiß. Alles, was er mir hätte sagen müssen. Alles, was er mir verschweigen wollte.

Siebzehntes Kapitel

So müssen sich Ertrinkende fühlen, die Land sehen, aber wissen, dass sie es niemals rechtzeitig erreichen werden. Ein Blick auf Solveigh genügt, um zu wissen, dass Viktor ihr verraten hat, was ich nicht auszusprechen gewagt habe.

Zögerlich mache ich einen Schritt auf sie zu. Ihr ganzer Körper geht in Abwehrhaltung, wie einen Panzer presst sie sich ihre Tasche vor die Brust.

Über unseren Köpfen wird ein Fenster geöffnet, mein Blick zuckt nach oben. Viktor steht in dem Rahmen, seinen Triumph bis ins Letzte auskostend. Mit geballten Fäusten wende ich mich von ihm ab, konzentriere mich ganz auf Solveigh. Mein Herz blutet, ich verfluche mich selbst dafür, so feige gewesen zu sein. Ihr nicht von Anfang an die Wahrheit gesagt zu haben. Und das Warum.

Solveighs Blick fliegt von mir zu Viktor und zurück, mit jeder Sekunde, die verstreicht, entfernt sie sich weiter von mir.

»*Solen.*« Flehend sehe ich sie an, will wieder auf sie zugehen. Dass sie vor mir zurückzuckt, bringt mich fast um. In meinen Augen brennt es, ich schlucke die Säure hinunter, die meinen Hals hinaufkriecht.

»Solveigh, bitte. Komm mit mir. Lass mich …« Überfordert halte ich inne. Jedes weitere Wort würde nur in platten Floskeln enden. Bedacht gehe ich einen Schritt zurück, lasse Solveigh Raum. Sie starrt mich weiterhin nur an, ich kann den Schmerz, den ich ihr zugefügt habe, beinahe mit den Händen greifen.

»Ich hätte es dir sagen müssen. Aber ich konnte nicht. Ich war zu feige. Gib mir eine Chance, es dir zu erklären. Nur nicht hier.«

Erst als ich kurz davor bin, händeringend vor ihr auf die Knie zu fallen, regt Solveigh sich.

Ohne ein Wort zu sagen, klammert sie sich noch fester an ihre Tasche, dreht sich um und läuft schluchzend an mir vorbei. Fort von mir, fort von diesem Ort. Sekundenlang verharre ich regungslos, spüre Viktors höhnischen Blick mehr, als dass ich ihn sehe. Dann hole ich tief Luft und folge Solveigh, ohne ein einziges Mal zurückzublicken.

Instinktiv weiß ich, wohin sie läuft. Wer die einzige Person ist, die sie jetzt sehen will.

Almas *Bokhandel* hat schon geschlossen, aber im Laden brennt Licht. Solveigh kauert auf dem Boden vor dem Kassentresen, ihre Hände in die Tasche gekrallt. Selbst von hier aus kann ich sehen, wie sie von Weinkrämpfen geschüttelt wird. Alles in mir zieht mich zu ihr, ich will um Vergebung flehen. Will ihr alles sagen, auch wenn es für uns längst zu spät ist. Aber sie muss wissen, warum. Mit bleischweren Beinen gehe ich auf die Ladentür zu, doch ehe ich anklopfen kann, steht Alma dahinter. Ich kann ihren Blick nicht genau deuten, aber ich weiß, dass sie mich nicht reinlassen wird.

»Bitte«, flehe ich. »Alma, bitte lass mich zu ihr. Ich muss … Ich …« Mir versagt die Stimme. Mein Brustkorb fühlt sich an, als hätte ihn mir jemand aufgerissen. Verzweifelt presse ich eine Hand an die Scheibe.

Alma kneift die Lippen zusammen und schüttelt den Kopf. Dann dreht sie den Schlüssel im Schloss und mir den Rücken zu, kehrt zu Solveigh zurück.

Ich habe sie verloren. Der Gedanke frisst sich in meine Seele, saugt mich aus. Kraftlos sinke ich an der Ladentür zu Boden, bleibe auf dem eiskalten Betonboden sitzen. Ich spüre weder die Kälte, noch die Härte des Untergrunds. Alles, was ich spüre, ist ein glühender Schmerz, der von meiner Brust ausstrahlt und alles andere verschluckt.

Wie lange ich dort sitze, weiß ich nicht. Doch irgendwann ist mein Körper so durchgefroren, dass ich kaum noch einen Finger rühren kann. Und so zittere ich innen und außen gleichermaßen, als es beginnt, sanft zu schneien. Mühsam rapple ich mich hoch. Ein letzter Blick in den Laden, auf die Frau, die ich mehr liebe als mein Leben. Dann drehe ich mich um und lasse mein Herz zurück. Dort, wo ich hingehe, werde ich es nicht brauchen.

Ich schleppe mich den Weg entlang zu meinem Auto und schiebe die Hände in die Jackentaschen. Als ich mein Handy spüre, ist da plötzlich diese Idee, wie ich vielleicht doch noch zu ihr durchdringen kann, wie ich meine Seite der Geschichte loswerde. Auch wenn ich sie nicht zurückgewinnen werde, muss sie erfahren, was war. Das bin ich ihr schuldig. Und mir. Mit steifen Fingern wähle ich die Nummer von Almas Laden, und als der Anrufbeantworter anspringt, fange ich an, zu reden.

»Jedes Mal, wenn Viktor dich betrogen hat, hat mein Herz geblutet. Jedes Mal habe ich ihn zur Rede gestellt. Ich weiß nicht mehr, wie oft ich von Viktor verlangt habe, endlich damit aufzuhören, anderen Frauen nachzusteigen, mit ihnen zu flirten, sie in sein Bett zu holen.«

Kurz halte ich inne, hole tief Luft.

Die kalte Nachtluft beißt mir in die Lunge, ein willkommener Schmerz, der mich von dem in meinem Herzen ablenkt.

»Mir war klar, dass es dich wieder in das Loch der Verzweiflung und Trauer katapultieren würde, solltest du je herausfinden, dass Viktor dir nicht treu ist. Auch das habe ich ihm gesagt, ich wusste, was er dir bedeutet. So oft, wie er mir versprochen hat, dir treu zu bleiben, so oft hat er sein Versprechen gebrochen.«

Inzwischen bin ich bei meinem Auto angekommen. Ich hebe den Blick zu den jetzt dunklen Fenstern von Viktors Wohnung. In mir herrscht eine Leere, wie ich sie seit Mammas Tod nicht gespürt habe. Bevor ich mich in den Wagen setze, offenbare ich Solveigh den Rest.

»Kurz vor unserem großen Streit habe ich Viktor wieder mit einer anderen erwischt. Aber dieses Mal war es nicht einfach irgendeine, die er auf einer Party aufgerissen hat. Dieses Mal war es Kassandra. Eine, die wir alle kannten, eine, die genau wusste, dass Viktor vergeben war. Da habe ich rotgesehen. Ich habe ihm klargemacht, dass ich nicht länger zugucken werde. Dass ich dir alles erzählen werde. Viktor war sich sicher, du würdest mir kein Wort glauben. Er wusste nicht, wie intensiv unsere Freundschaft damals war, wie sehr wir einander vertraut haben.«

Ein Kribbeln breitet sich zwischen meinen Schulterblättern aus, ich fühle mich beobachtet. Wieder gleitet mein Blick zur Wohnung, ich meine, einen Schatten zu sehen.

»Das war der Moment, in dem er misstrauisch wurde. Er hat nicht verstanden, warum mir so viel daran lag, dich zu schützen. Und als er dann die Zeichnung gesehen hat, war ihm alles klar.«

Mein Zittern verstärkt sich, vor emotionaler Erschöpfung und Kälte. Mit fahrigen Bewegungen sperre ich mein Auto auf und lasse mich hinter das Lenkrad sinken. Den Kopf darauf gelehnt, presse ich die nächsten Worte hervor.

»Er ist vollkommen ausgeflippt, hat mir vorgeworfen, den Moralapostel zu spielen, während ich mich gleichzeitig nach seiner Frau verzehre. Hat mir unterstellt, aus Eigennutz zu handeln, ihn nur deshalb ans Messer liefern zu wollen, um mehr Chancen bei dir zu haben. Aber so war es nie. Und dann hat er den letzten Joker gezogen. Er hat gesagt, dass dann ich es bin, der dich ins Loch stößt, nicht er.«

Ich schlucke. »Das war der Moment, in dem ich wusste, dass ich nicht bleiben konnte. Es hätte mich zerstört. Oder dich. Also habe ich ihn schwören lassen, dich nie wieder zu betrügen. Habe ihm das Versprechen abgenommen, nie wieder auch nur an andere Frauen zu denken. Dich auf Händen zu tragen, dir treu zu sein. Im Gegenzug habe ich das Feld geräumt, mich ohne ein Wort davongemacht.«

Der Druck auf meiner Brust wird so groß, dass ich kaum Luft bekomme. Aber es ist immer noch nicht alles gesagt. »Jahrelang habe ich mir eingeredet, das Richtige getan zu haben. Ich wollte verzweifelt daran glauben, dass Viktor zu seinem Wort steht, dass er dir treu ist, dass ich dich dadurch hatte schützen können, dass ich meine Gefühle für dich tief in mir vergraben habe. Aber jetzt weiß ich, dass alles umsonst war. Dass ich dich trotz allem nicht habe schützen können. Und dass ich dich endgültig verloren habe.«

Achtzehntes Kapitel

»… endgültig verloren habe.«

Mit weit aufgerissenen Augen starre ich den Anrufbeantworter an. Yoricks Stimme bricht, gleichzeitig bricht etwas in mir.

»Verzeih mir, *min Sol*. Ich …«

Ein langgezogener Piepton unterbricht Yorick.

Das Band ist zu Ende.

Der Rest bleibt ungesagt.

Tränen strömen mir über das Gesicht, ich weiß nicht, was ich fühlen soll. Hass, Wut, Schmerz, Sehnsucht, alles wirbelt in mir umher, jede Emotion kämpft um die Oberhand. Weinend vergrabe ich das Gesicht in meinen verschränkten Armen.

Alma streicht mit sanft über den Rücken. Sie sagt kein Wort, lässt mich weinen, solang ich muss. Als ich keine Tränen mehr habe, starre ich einfach stumm vor mich hin.

»*Min Sol*«, flüstere ich. Mein Hals ist so trocken, dass ich kaum einen Ton hervorbringe. Ich wende den Kopf und blicke Alma an, während mein Kopf zu verarbeiten sucht, was ich gerade gehört habe. »Er hat mich *meine Sonne* genannt.«

Alma neigt bejahend den Kopf. So gesprächig sie war, als ich das letzte Mal bei ihr Unterschlupf gesucht habe, so schweigsam ist sie jetzt.

Mit geschlossenen Augen lasse ich die Stirn auf meine angewinkelten Knie sinken. Mein Kopf dröhnt, es fällt mir schwer, einen klaren Gedanken zu fassen. Mein Brustkorb fühlt sich an, als hätte ihn jemand ausgequetscht. Ich fühle mich ausgesaugt, leer. Und doch ...

»Ich werde dir jetzt nicht sagen, dass alle Männer gleich sind und du Yorick genauso zum Teufel jagen sollst wie Viktor.«

Almas Stimme holt mich aus meinen Grübeleien.

»Ich will nicht ...«

»Und ob du das tust. Ich kenne dich, Solveigh. Aber diesmal bin ich nicht allein auf deiner Seite. Ich habe Yorick vorhin gesehen, als er vor dem Laden stand.«

Mein Kopf ruckt hoch, ich starre Alma an. »Er war hier?« krächze ich und ernte ein Nicken.

»Er sah genau aus wie du jetzt. Zerbrochen, verletzt. Zerstört. Und nach allem, was wir hier gerade gehört haben, glaube ich, dass er jedes seiner Worte ernst meint.«

Ich lehne den Kopf an die Theke hinter mir, schließe die Augen und höre tief in mich hinein. Fühle, was mein Herz verlangt. Lausche auf die Stimme in mir. Und folge meinem Bauchgefühl.

»Ich weiß nicht, ob ich ihm das je verzeihen kann«, murmle ich.

»Wem? Yorick oder Viktor?«, fragt Alma und an ihrer Stimme erkenne ich, dass sie die Antwort darauf längst weiß.

»Yorick. Ich weiß nicht, ob ich es schaffe, ihm zu verzeihen, dass er lieber abgehauen ist, als mir zu sagen, was Viktor treibt. Dass er unsere Freundschaft weggeworfen hat, um nicht länger den Moralapostel spielen zu müssen. Dass er …«

Alma rüttelt mich an der Schulter. »Hast du überhaupt zugehört, was er gesagt hat? Oder hast du auf selektives Hören umgeschaltet und nur das abgespeichert, was dein verletztes Herz hören konnte?«

Ich blinzle. Zucke mit einer Schulter und blinzle noch mal.

»Solveigh, sieh mich an. Obwohl du hier wie ein Häufchen Elend auf meinem Fußboden hockst, ist es nicht zu übersehen. Du strahlst von innen. Auch wenn du es nicht wahrhaben willst, deine ganze Art hat sich in den wenigen Tagen, seit du das letzte Mal hier warst, verändert. Glaub mir, wenn ich dir sage, dass Yorick der eine Mann für dich ist. Der Mann, der Viktor nie war. Der Mann, der dich auf Händen trägt, der dich bis zu seinem letzten Atemzug lieben wird.« Der Schmerz in mir fleht mich an, ihr zu widersprechen, doch … ich kann es nicht. »Yorick mag nicht um dich gekämpft haben, aber er hat das getan, was in seinen Augen das Richtige für dich war. Ja, er hat auch sich selbst beschützt. Aber er hat seine Gefühle, seine Liebe zu dir hintangestellt und war immer darauf bedacht, dass es dir gut geht.«

Ein Kloß bildet sich in meinem Hals. »Aber warum hat er es mir jetzt nicht gesagt? Wir haben uns gestritten, wir haben uns ausgesprochen. Er hat mir erzählt, warum er damals fort ist. Aber den Rest hat er mir nie gesagt. Er …«

Da fällt mir ein, was an diesem Tag passiert ist. »Der Elch«, flüstere ich.

Alma sieht mich fragend an.

»Wir standen am Seeufer, als er mir erzählt hat, was damals war. Als er verschwunden ist. Er wollte gerade noch was sagen, als plötzlich ein Elch vor uns stand. Yorick hat seinen Satz nie beendet.«

Und ich habe nie weiter nachgefragt.

Wenn ich jetzt über unsere gemeinsame Zeit in der *Stuga* nachdenke, wird mir klar, dass es immer wieder Situationen gab, in denen ich hätte merken müssen, dass da noch mehr unter der Oberfläche liegt. Hier eine unsichere Geste, dort ein wehmütiger Blick. Mein persönlicher Schutzmechanismus hat alle Anzeichen auf noch mehr Geheimnisse ignoriert. Hat ausgeblendet, dass da mehr sein könnte.

Und doch … Er hätte es mir so oft sagen können.

Stöhnend vergrabe ich das Gesicht in den Händen.

Minutenlang sitze ich da, versuche zu atmen, zu denken, zu fühlen. Als ich schließlich den Kopf hebe, trifft mich Almas wissender Blick.

»Was soll ich denn jetzt tun?«, wispere ich.

Neunzehntes Kapitel

Als Kind fand ich Silvester äußerst seltsam. Mich haben die Erwachsenen irritiert, die stundenlang zusammensaßen, sich die Bäuche vollschlugen, nur um Punkt Mitternacht in Jubel auszubrechen, weil ein neues Jahr angebrochen war. Mir hat sich damals nie erschlossen, dass die Überschreitung der Schwelle zwischen zwei Jahren durchaus magisch sein kann.

Erst als ich hierher in die *Stuga* gezogen bin, habe ich erkannt, wie reinigend dieser Übertritt in ein neues Jahr, in eine noch unbekannte Zukunft tatsächlich ist. Inständig hoffe ich, dass es vor allem in diesem Jahr so sein wird, dass mir das neue Jahr einen magischen Neuanfang schenkt. Das ist die letzte Hoffnung, die mir geblieben ist.

Drei Tage ist es her, dass Solveigh erfahren hat, wie lange ich ihr verheimlicht habe, was Viktor wirklich treibt. Drei Tage, seit meine gesamte Gefühlswelt über mir zusammengebrochen ist. Drei Tage, die ich blindwütig mit Arbeit vollgestopft und mich gefragt habe, wie ich jemals ohne Solveigh werde richtig atmen können.

Jetzt, am letzten Tag des Jahres, schaufle ich den Schnee vor mir her und versuche, dabei nicht ständig an Solveighs

Gesichtsausdruck zu denken. Daran, wie sehr ich sie verletzt habe, weil ich nicht genug Mut hatte. Weder damals noch heute.

Immer und immer wieder ramme ich die Schaufel vor mir in den Boden, werfe eine Ladung Schnee nach der anderen zur Seite. Schweiß rinnt mir in Bächen den Rücken hinunter, meine Hände sind steif vor Kälte. Ich trage keine Handschuhe, um wenigstens irgendetwas außer dem drückenden Schmerz in meiner Brust zu spüren.

Ein Geräusch dringt an meine Ohren, das hier so selten vorkommt, dass ich es mir einbilden muss. Ich richte mich auf und halte inne. Lausche.

Kein Zweifel, ein Auto kommt den schmalen Weg zur *Stuga* hinaufgefahren, kämpft sich durch den Schnee. Lilja kann es nicht sein, ihr Auto klingt wie ein verendender Elch. Verwirrt gehe ich ein paar Schritte zum Schuppen, lehne die Schaufel an die Wand und warte ab. Den Wagen, der vor meiner Einfahrt hält, kenne ich nicht. Wohl aber die Person, die aussteigt.

»Solveigh …«

Unschlüssig bleibt sie ein paar Schritte vor mir stehen, ganz so, als traue sie sich nicht, näher zu kommen.

»Hallo, Yorick«, sagt sie so leise, dass der Wind die Worte fast weggetragen hätte, ehe sie zu mir vordringen.

Ich stehe da, starre sie an. Solveigh wirft einen Blick über die Schulter, zurück zu dem Auto, das sie gebracht hat. Alma sitzt am Steuer und nickt kaum merklich, ehe sie den Motor startet und davonfährt. Solveigh holt tief Luft und kommt weiter auf mich zu. Schritt für Schritt verringert sie den Abstand zwischen uns, bis wir beinahe Brust an Brust stehen.

Ihre grauen Augen sehen zu mir auf, ein Gefühlssturm tobt darin, der dem in mir in nichts nachsteht.

»Was machst … du hier?«, bringe ich mühsam hervor. Allein die Tatsache, dass sie vor mir steht, mit mir spricht, überwältigt mich beinahe. Nach allem, was war, hätte ich nie geglaubt, dass sie je wieder ein Wort mit mir wechselt.

»Ich habe deine Nachricht gehört«, antwortet sie, immer noch leise. »Jedes Wort. Warum hast du mir das nicht alles schon am See erzählt, Yorick? Oder danach? Wir waren so lange hier allein, warum hast du nie …« Sie bricht ab und senkt den Blick, wischt sich verstohlen über die Augen.

Mein Herz wird von einer unsichtbaren Faust zusammengepresst. Ich will sie in meine Arme ziehen, ihr diese Traurigkeit nehmen, die ich verursacht habe. Aber ich wage nicht, ihr zu nahe zu kommen. Stattdessen vergrabe ich die Hände in meinen Hosentaschen.

»Weil ich zu feige war. Das, was wir hatten, war alles, was ich je wollte, Solveigh. Je näher wir uns kamen, je mehr Zeit wir zusammen verbracht haben, desto falscher kam mir jeder Moment vor, um dir die Wahrheit zu sagen. Bis es zu spät war.«

Mein Blick ist starr auf die *Stuga* gerichtet, in der wir die schönsten Stunden meines Lebens verbracht haben. »Ich hatte solche Angst, dass wir uns wieder verlieren.«

Ich spüre mehr, als dass ich sehe, wie Solveigh ganz an mich herantritt. Sie streift ihre Handschuhe ab und stopft sie in ihre Jackentasche, ehe sie ihre Hände an meine

Wangen legt. Die Wärme brennt auf meiner Haut, aber ich ignoriere das Gefühl. Weil der Rest zu schön ist.

»Yorick. Sieh mich an.«

Langsam komme ich ihrer Aufforderung nach, suche in ihren Augen nach Ablehnung, nach dem Schmerz, den ich noch vor wenigen Tagen darin gesehen habe. Aber sie sind verschwunden.

»Du warst es, immer. *Du* warst derjenige, der stets für mich da war, der mich beschützt hat, mich blind verstanden hat. *Du* warst mein Anker, nicht Viktor. Das ist mir in den letzten Tagen klar geworden. Ich war nie glücklicher als hier mit dir. Ich habe nie verstanden, was genau gefehlt hat, als du plötzlich verschwunden bist. Aber jetzt weiß ich es.«

Sie hält inne, zieht meinen Kopf zu sich hinunter und lehnt ihre Stirn an meine. »Ein Teil meines Herzens hat gefehlt, er hat schon damals für dich geschlagen. Jetzt gehört es dir ganz.«

Ich schlucke gegen die Enge in meinem Hals an. Mein Herz rast. *Hat sie gerade wirklich gesagt …*

»Yorick, atmen!«

Was? Ich blinzle einmal, zweimal und hole dann tief Luft. So gierig, wie meine Lungen sie einsaugen, habe ich wohl tatsächlich vergessen, zu atmen. Aber diese Worte waren mehr, als ich mir je wieder von Solveigh erträumt hätte.

»Meinst du … meinst du das ernst?« Meine Stimme ist ein raues Flüstern.

Solveighs Blick hält meinen gefangen, als sie nickt. »Jedes einzelne Wort«, flüstert sie und überbrückt die

183

wenigen Zentimeter, die unsere Lippen voneinander trennen.

Der Kuss ist süßer als alle, die wir zuvor getauscht haben. Ihre Zunge spielt sanft mit meiner, neckt sie. Alle Gedanken, die nicht mit ihr zu tun haben, werden augenblicklich ausgeblendet. Die Kälte des letzten Dezembertages weicht einer inneren Hitze, die Welt um uns herum verschwimmt zu einem unscharfen Fleck.

Schnell wird aus süß hitzig, aus neckend fordernd. Ich lege meine Hände auf Solveighs Rücken, ziehe sie noch näher an mich. Sie kommt mir entgegen, lässt auch die letzten Millimeter zwischen uns verschwinden. Erst als ihre nun kalten Hände unter mein Hemd kriechen, finde ich zurück in die Realität. Wenn wir so weitermachen, landen wir beide nackt im Schnee.

»Lass uns reingehen«, raune ich an ihren Lippen und ernte ein Nicken.

Hand in Hand laufen wir den Weg zur *Stuga* zurück, unsere Schuhe landen mit einem dumpfen Geräusch auf der Matte vor der Tür. Sämtliche Klamotten fallen rechts und links von uns zu Boden, als wir hastig die Stiege nach oben klettern. Splitternackt kommen wir oben an. Die Hitze ihres Blickes versengt mich beinahe, als ich sie hochhebe. Sie schlingt ihre Beine um meine Hüfte, und noch bevor wir es ins Schlafzimmer schaffen, bin ich in ihr, auf die engst mögliche Weise mit ihr verbunden.

Ein Stöhnen kommt ihr über die Lippen, das mich an den Rand meiner Selbstbeherrschung treibt. Ich lasse sie auf mein Bett gleiten, ohne unsere Verbindung zu unterbrechen. Unentwegt sehe ich ihr in die Augen, während wir uns im selben Rhythmus bewegen, und als sich Solveighs Blick verdunkelt, weiß ich, dass sie so bereit ist wie ich, loszulassen.

»Ich liebe dich.«

Mein geflüstertes Geständnis gibt ihr den Rest, ich spüre, wie sie erzittert, und lasse mich fallen.

Schwer atmend stütze ich mich auf meine Unterarme, um sie nicht mit meinem Gewicht zu erdrücken. Sanft streiche ich ihr eine Haarsträhne aus der Stirn, verteile federleichte Küsse auf ihrem Gesicht.

»Sag das noch mal«, flüstert sie und küsst Odins Knoten an meinem Handgelenk. Ihre Bitte rührt mich, während ihr Kuss mir einen Schauer der Erregung über den Körper jagt. Nie werde ich von dieser Frau genug kriegen können.

»Ich liebe dich, Solveigh«, sage ich leise. »Ich liebe dich mehr, als ich es je benennen könnte, länger, als du ahnst, und intensiver, als ich selbst je geglaubt hätte.«

Ich kann ihren Herzschlag an meiner Brust spüren, er gleicht meinem auf den Takt genau. In ihren Augen glitzern Tränen, aber ihr ganzes Gesicht strahlt. Sanft zieht sie meinen Mund an ihren, küsst mich zärtlich.

»Zeig mir noch mal, wie sehr«, fordert sie, während sich ihre Knöchel über meinem Po verschränken.

Ohne zu zögern, komme ich ihrer Forderung nach, wissend, dass ich von ihr heute die Worte nicht hören werde, nach denen ich mich so sehne. Dennoch spüre ich ganz deutlich, wie ihr Herz für mich schlägt.

Kurz vor Mitternacht stehen wir eng umschlungen draußen. Da wir hier zu weit abgelegen sind, um vom Feuerwerk in den größeren Städten auch nur einen Funken mitzubekommen, habe ich die Fackeln erneut angezündet. Über den Livestream auf meinem Handy verfolgen wir den Countdown in Stockholm. Die Glocken von St. Nikolai läuten mit lautem Klang das neue Jahr ein und zum ersten Mal seit dem Tod meiner Mutter habe ich das Gefühl, dass das kommende Jahr ein gutes werden wird.

»*God nytt år, min Sol.*«

Solveigh küsst mich, lange, langsam, leidenschaftlich. Die Glocken der Kirchen sind längst verstummt, aus dem Lautsprecher dringt Feierlärm, aber hier in unserer kleinen Zweisamkeit hören wir längst nicht mehr hin.

»Frohes neues Jahr, Yorick.«

Solveighs Haar leuchtet im Fackelschein, die Kälte der Neujahrsnacht und die Hitze unserer Gefühle haben ihre Wangen rot gefärbt. Mein Herz quillt beinahe über vor Liebe zu ihr.

»*Tack*, Odin«, murmle ich und vergrabe meine Nase in ihrer Halsbeuge. Ich kann spüren, wie sie lacht.

»Hast du dich gerade bei Odin bedankt?«, fragt sie.

Ich nicke, ohne mich weiter zu bewegen.

»Wofür?«

Nun hebe ich den Kopf, aber nur so weit, bis meine Lippen ihr Ohr streifen. »Dafür, dass er dich nach all den Jahren wieder in mein Leben hat stolpern lassen.«

»Du bist unglaublich. Ich bin nicht gestolpert. Ich habe mich schlicht und einfach verlaufen.« Solveigh stemmt ihre Hände gegen meine Brust und funkelt mich amüsiert an.

186

Grinsend wiege ich den Kopf hin und her, halb zustimmend, halb verneinend. »Aber Odin hat deinen Weg hierher gelenkt, das lässt sich nicht leugnen. Und Thor«, fahre ich fort und ignoriere Solveighs grunzendes Lachen, »Thor hat dafür gesorgt, dass du hierbleiben musst.«

Das bringt mir einen Knuff in die Rippen ein und ich ziehe sie wieder fester an mich. Egal, wie sie zu den alten Göttern unserer Vorfahren steht, für mich ist unumstritten, dass sie ihre Finger im Spiel hatten.

Ich küsse Solveighs Nasenspitze und streiche ihr eine Haarsträhne hinter das Ohr. »Lass uns wieder reingehen, so langsam wird es kalt.«

Außerdem habe ich noch immer nicht genug von ihr, obwohl wir beinahe den ganzen Silvestertag im Bett verbracht haben. Offensichtlich kann Solveigh meine Gedanken nur allzu gut lesen, denn sie nickt mit einem wissenden Grinsen. Wenig später begrüßen wir das neue Jahr auf dieselbe Weise, wie wir das alte verabschiedet haben, und in meinem Kopf klingen immer noch die Glocken von St. Nikolai.

Ein Klopfen reißt mich aus dem Schlaf. Blinzelnd werfe ich einen Blick auf mein Handy, um herauszufinden, wie viel Uhr es ist. Offensichtlich haben wir Frühstück und Mittagessen verschlafen, denn es ist längst nach zwei Uhr.

Das Klopfen lässt nicht nach, also krieche ich aus dem Bett, ziehe mir hastig eine Jeans und ein Hemd über und klettere barfuß die Stiege nach unten.

Vor der Tür stehen Sören und Björn, meine nächsten Nachbarn.

»*God nytt år*!«, rufen sie unisono und ich verkneife mir ein Seufzen, als ich die Tür ganz aufziehe und sie hereinbitte. Ich mag die beiden wirklich, nur nicht unbedingt in diesem Moment.

»Wir stören doch hoffentlich nicht?«, fragt Björn. Als über mir der Boden knarzt, zeichnet sich Erstaunen auf seinem Gesicht ab. Sein Mund formt ein stummes Oh und ich muss grinsen.

»Wir sollten sowieso frühstücken, denke ich.«

Die beiden folgen mir in die Küche, wo ich Kaffee aufsetze und rasch ein paar Eier in eine Rührschüssel haue, um sie zu verquirlen. Auf meine Frage, ob sie mit uns essen möchten, nicken beide und so wandern noch Paprika, Tomaten und Schnittlauch zu den Eiern, ehe ich schließlich alles zusammen in der Pfanne anbrate.

»*God Morgon.*« Solveighs Stimme bringt mein Herz dazu, freudig zu hüpfen, und als ich mich umdrehe, lese ich tausend Fragen in den Blicken meiner beiden Gäste. Sie begrüßt die beiden lächelnd, ehe sie sich neben mich stellt.

Sie trägt meine Flanellhose und ein Shirt von mir und der Anblick, wie sie da so selbstverständlich in meinen Sachen steht, weckt in mir ein warmes Gefühl von Geborgenheit und Zuhause. Und die Hoffnung darauf, sie noch an sehr vielen Morgen so neben mir sehen zu dürfen.

Ich ziehe Solveigh für einen schnellen Kuss an mich und schenke ihr anschließend Kaffee ein. Während sie den Tisch deckt, unterhält sie sich prächtig mit Björn und Sören, bis ich dem Frühstück den letzten Schliff verpasst habe.

Als wir schließlich zu viert um den kleinen Küchentisch sitzen, platzt Björn mit der Frage heraus, die ihm seit Betreten der *Stuga* unter den Nägeln zu brennen scheint.

»Du hast die Feiertage dieses Jahr also nicht allein verbracht?«

Das bringt ihm einen Rippenstoß seines Mannes ein und er hebt entschuldigend die Hände. »Was denn? Du weißt doch, dass Yorick sonst *immer* allein ist.«

Sören nickt. »Das schon, aber musst du so auffällig sein?«

Solveighs Knie stößt gegen meinen Oberschenkel und der Blick, den sie mir zuwirft, lässt mich in meine Tasse grinsen.

»Wenn hier jemand auffällig ist, dann wohl wir. Aber du hast recht, Yorick hat die Feiertage nicht allein verbracht. Auch wenn er das eigentlich geplant hatte.«

Björn schnappt nach Luft und ich rolle mit den Augen. Solveigh hat ihm eine Steilvorlage geliefert, auf die er sich jetzt stürzt wie sein Labrador auf einen Kauknochen.

»Du weißt doch, dass du jederzeit bei uns willkommen bist. Warum wolltest du denn schon wieder allein feiern?«

»Er hatte noch einen sehr wichtigen Auftrag zu erledigen und den wollte er ganz in Ruhe fertigstellen«, antwortet Solveigh diplomatisch und zwinkert mir lächelnd zu.

Bei Odin, womit habe ich diese Frau nur verdient.

Dankbar drücke ich ihr Knie unter dem Tisch.

Solveigh fällt es leicht, das Gespräch in eine andere Richtung zu lenken. Sie plaudert über unsere Schneeballschlacht, über das Eisangeln und ihren ersten richtigen Stromausfall.

»Yorick wollte mir weismachen, ich müsste drei ganze Tage in die Kälte aufs Klo«, erzählt sie. Schallendes Gelächter bricht am Tisch aus, und ich merke, wie wohl ich mich in dieser Runde fühle. Und mir wird klar, dass ich außer mit Solveigh schon lange Zeit mit niemandem mehr so gelacht habe. Es fühlt sich gut an, mich den beiden gegenüber zu öffnen, mich mit jemandem zu unterhalten, der meine Vorgeschichte nicht kennt.

Als alle Teller leer gegessen sind und jeder am Tisch vollkommen satt ist, verabschieden sich die beiden herzlich. Allerdings nicht, ohne uns für den nächsten Tag zur *Fika* einzuladen, was Solveigh freudestrahlend für uns beide annimmt.

Nie hätte ich gedacht, dass das neue Jahr noch mehr Überraschungen für mich bereithält, aber das gemeinsame Essen mit meinen Nachbarn hat mir gezeigt, was ich in all den Jahren verpasst habe, als ich wieder und wieder ihre Einladungen ausgeschlagen habe. Dass ich nun zusammen mit der Liebe meines Lebens die erste davon wahrnehmen werde, erfüllt mich mit einem ganz neuartigen Glücksgefühl und gleichzeitig mit Vorfreude auf das, was vor uns liegt.

Zwanzigstes Kapitel

»Bist du sicher, dass du dein Handy noch mal einschalten willst? Du kannst deinen Vater auch von meinem aus anrufen.« Yorick sieht mich skeptisch an, während ich schon die PIN eingebe. »Es wird schon nicht so schlimm sein«, versuche ich mehr mich selbst zu beruhigen. Yorick überzeuge ich damit nicht.

»Ich will nur nicht, dass noch mehr Anrufe oder Nachrichten eingehen. Ich weiß, wie sehr dir Filip seit eurem Streit zugesetzt hat.«

Überrascht blicke ich ihn an. »Und ich dachte, ich habe das alles gut vor dir verheimlicht.«

Yorick schüttelt nur den Kopf und streicht mir über den Arm. »Lass es lieber aus.«

Jetzt ist es an mir, den Kopf zu schütteln. »Je eher ich alles löschen kann, desto eher kann ich mich wieder entspannen.«

Kaum dass das Handy vollständig hochgefahren ist, vibriert es so oft in meiner Hand, dass ich gar nicht mitzählen kann. Beide, Filip und Viktor, haben mir Nachrichten hinterlassen und versucht, mich anzurufen. In diesem Moment frage ich mich, warum ich nicht längst beide

Nummern blockiert habe. Das werde ich tun und alles löschen, sobald ich Pappa angerufen habe.

»Sie können es einfach nicht lassen, oder?«, grollt Yorick neben mir.

»Lass gut sein, Yorick. Es macht mir nichts mehr aus«, antworte ich und rufe Pappas Nummer auf. Yorick brummt irgendetwas Unverständliches.

»*Hej*, Pappa. *God nytt år*«, wünsche ich, als er nach dem zweiten Klingeln abnimmt.

»Solveigh, *Gumman*! Das wünschen wir dir auch! Wie geht es dir?«

Ich lächle. »Mir geht es hier sehr gut, Pappa. Yorick ist …« Kurz halte ich inne, sehe zu ihm hinüber. Sein Blick ist sturmumwölkt, er lehnt inzwischen neben der Küchentür. Ohne die Augen von ihm abzuwenden, fahre ich fort. »Yorick ist wundervoll, Pappa. Ich glaube, der Streit mit Filip und dass ich danach einfach weggelaufen bin, war ein Wink des Schicksals.«

Jetzt stößt Yorick sich mit der Schulter von der Wand ab und kommt ein Stück auf mich zu.

»Weißt du, er ist das genaue Gegenteil von Viktor. Er … findet immer die richtigen Worte, er trägt mich auf Händen. Er ist so viel mehr, als ich mir hätte wünschen können.«

»Du liebst ihn«, stellt Pappa mit hörbarem Lächeln fest.

Mein Herz stolpert in meiner Brust. Yorick steht nur eine Armlänge vor mir, ich kann jede Regung in seinem Gesicht sehen.

»Ja, das tue ich.« Meine Antwort ist ein Flüstern. Und ein Eingeständnis meiner Gefühle, an mich selbst und an

Yorick. Er starrt mich an. Und ich weiß nicht, ob er Pappas Stimme hören konnte oder es an meinem Blick abliest. Aber er hat ohne Frage verstanden.

Pappas leises Lachen dringt wie durch Watte an mein Ohr.

»Wann kommst du deine Sachen holen?«, fragt er liebevoll.

Kurz kneife ich irritiert die Augenbrauen zusammen, ich kann ihm nicht folgen.

»Ich gehe mal davon aus, dass du nicht mehr bei uns wohnen willst, *Gumman*. Habe ich recht?« Er lacht immer noch.

»Äh, ja, du hast recht. Ich komme in den nächsten Tagen aber auf jeden Fall zu euch.« Wenn ich mit Yorick gesprochen habe, ihm gesagt habe, was ich fühle. »Ich melde mich davor noch mal bei dir. Grüß Rika ganz lieb von mir.«

»Das mache ich. Bis dann.«

Als ich auflege, steht Yorick direkt vor mir, sieht mich unsicher an.

»Was hast du …«

Weiter kommt er nicht, das Handy in meiner Hand kündigt einen Anruf an. Filips Name leuchtet auf. Obwohl mir Yorick einen warnenden Blick zuwirft, nehme ich ab. Ich kann mich genauso gut jetzt mit ihm auseinandersetzen.

»Was willst du von mir, Filip?«

»Bist du immer noch bei diesem Typen?«, fragt er zurück, statt mir zu antworten.

Ich unterdrücke einen Seufzer.

»Auch wenn ich nicht weiß, woher du weißt, bei wem oder wo ich bin: Ja, ich bin noch hier. Und ich wiederhole mich nur äußerst ungern. Also: Was. Willst. Du.«

Yorick drückt meinen Arm, deutet auf das Handy. Ich schüttle nur den Kopf. »Ich schaff das schon«, forme ich mit den Lippen und hauche einen Kuss auf seine Wange.

Er nickt und erwidert meinen Kuss, deutet auf seinen Schreibtisch. »Ein Blick genügt, wenn du mich brauchst.«

Dankbar lächle ich ihm zu.

»Ich will wissen, wann du endlich zu Viktor zurückgehst.«

Filips Stimme scheppert in meinem Ohr. Ich beiße mir auf die Wangeninnenseite, um nicht frustriert aufzuschreien.

»Hat Viktor dir etwa noch nicht gesagt, dass es zwischen uns endgültig aus ist? Dass ich nie zu ihm zurückgehen werde, egal wie sehr ihr alle danach verlangt?«

Filip flucht hörbar am anderen Ende.

»*Fan*, Solveigh! Du ruinierst mich! Geh endlich nach Hause, Viktor wird dich schon wieder zurücknehmen und …«

»Mein Zuhause ist hier, Filip. Bei Yorick. Und nirgends sonst. Wenn das nicht in deinen verdammten Dickschädel geht, dann ist das nicht mein Problem. Du hast dich seit Mammas Tod einen Dreck um mich gekümmert. Fang jetzt nicht damit an, dich in mein Leben einzumischen.«

Ich hole tief Luft, reibe mir mit der flachen Hand über das Gesicht. Filip entzieht mir jegliche Energie.

»Du wirst schon sehen, was du davon hast. Weiß Viktor, dass du mit diesem Kerl vögelst? Ich werde ihn sofort anrufen, das wird er nicht auf sich sitzen lassen! Morgen bist du zurück bei ihm, und wenn ich dich selbst dorthin schleifen muss!« Jetzt brüllt Filip regelrecht ins Telefon. Mein Ohr pfeift, ich lasse das Handy sinken.

»Mach's gut, Filip«, flüstere ich, ohne dass er es hören kann, und lege auf.

Sekundenlang stehe ich mit gesenktem Kopf und hängenden Schultern mitten im Raum. Atme gegen die Enge in meiner Brust an, gegen die Beklemmung, die sich bei Filips Worten auf mich gelegt hat. Hoffe, dass seine Tirade nur eine leere Drohung war.

Die Stille um mich herum ist so laut, dass ich den Kopf hebe und mich suchend nach Yorick umblicke. Er sitzt immer noch am Schreibtisch, rührt sich nicht, scheint nicht einmal zu atmen. Mit großen Augen starrt er mich an.

»Was hast du?« Ich kann seinen Gesichtsausdruck nicht deuten. Sorge verdrängt die Beklemmung in mir.

Wie in Zeitlupe steht Yorick auf, überbrückt den Abstand zwischen uns Schritt für Schritt. Bis er direkt vor mir steht, mich mit seinem Blick gefangen hält. »Dein Zuhause ist … hier?« Seine Stimme ist ein raues Flüstern.

Bin ich zu weit gegangen? Wir haben nie darüber gesprochen, was sein wird. Ich ringe nach Luft, suche nach einer Erklärung, einer Rechtfertigung.

»Das … Ich habe das gesagt, um Filip … Ich weiß, wie sehr du deine Einsamkeit schätzt. Ich werde nicht …«

Yorick hebt mein Kinn an, der Blick aus seinen blauen Augen ist so hypnotisierend, dass ich ihm ausweiche.

»*Solen*, sieh mich an«, raunt er.

195

Verhalten komme ich seiner Aufforderung nach und diesmal halte ich die Verbindung.

»Diese Einsamkeit habe ich gewählt, um mit meinem Schmerz und meiner Sehnsucht allein sein zu können. Um niemandem erklären zu müssen, was in mir vorgeht. Aber seit du auf meiner Türschwelle aufgetaucht bist, habe ich Angst davor. Angst, jeden Morgen aufzuwachen ohne dich an meiner Seite. Angst vor der Einsamkeit.«

Ist es möglich, dass ...?

Er sieht mir offensichtlich an, was ich denke, denn einer seiner Mundwinkel hebt sich zu diesem schiefen Grinsen, bei dem meine Beine beinahe ihren Dienst versagen. Zärtlich nimmt er mein Gesicht in seine Hände und küsst mich liebevoll auf die Lippen.

»Wenn das hier auch dein Zuhause ist, bin ich der glücklichste Mann zwischen hier und Asgard«, murmelt er an meinem Mund und mein Herz fliegt ihm aufs Neue zu.

Wie er in jeder Situation immer die richtigen Worte findet, wird mir vermutlich für den Rest unseres Lebens ein Rätsel bleiben. Was mir dagegen kein Rätsel bleibt, sind meine Gefühle für ihn. Mein Herz und Pappa wissen schon längst, was Sache ist, nur ich habe es bisher noch nicht ausgesprochen.

Ich vergrabe mein Gesicht an seiner Halskuhle. »Ich liebe dich«, flüstere ich und mein Herz hämmert dabei so heftig gegen meine Rippen, dass ich mir sicher bin, man hört es bis in die äußersten Dimensionen der neun Welten.

Yorick schiebt mich von sich, in seinem Blick lodert es auf. Mir war nicht bewusst, dass blaue Augen solche Funken sprühen können.

»Sag das noch mal«, wiederholt er krächzend meine Worte aus unserer Silvesternacht.

»Ich liebe dich, Yorick.« Diesmal ist meine Stimme fester. »Ich weiß nicht, wann genau mein Herz zu deinem gefunden hat, aber wenn du dein Zuhause mit mir teilst, bin *ich* die glücklichste *Frau* von hier bis Asgard.«

Yoricks Lachen erfüllt den Raum, er zieht mich zurück in seine schützende Umarmung. Sein Atem streift meine Lippen und ich weiß, dass ich niemals woanders hingehört habe als hierher. Dass ich nie wieder woanders glücklich sein werde als hier, an der Seite dieses Mannes.

»Ohne dich war es nie ein richtiges Zuhause.« Yoricks Worte drängen alles, was in den letzten Tagen und Wochen passiert ist, alles, was zuvor war, in den hintersten Winkel meines Verstands. »Das ist mir in den letzten Tagen klar geworden. Lass uns hier gemeinsam glücklich sein.«

Unsere Lippen verschmelzen zu einem Kuss, wir versinken ineinander. Die Welt um uns herum verschwimmt zu einem unwichtigen Nichts. In diesem Moment gibt es nur ihn und mich und das, was vor uns liegt.

Bis die alte Standuhr in der Ecke schlägt. Yorick lehnt seine Stirn an meine und seufzt. Ich verschränke unsere Hände ineinander und drehe den Kopf, um einen Blick auf die Uhr zu werfen.

»Sollten wir nicht langsam los? Sonst kommen wir zu spät zur *Fika* und ich bin mir sicher, dass Björn dann nervös wird.«

Yorick lacht laut auf und küsst mich noch mal. »Du hast ihn direkt durchschaut, oder?«

Mit einem Grinsen nicke ich. »Ich mag deine Nachbarn sehr. Und ich freue mich richtig auf das Kaffeekränzchen mit den beiden.«

Yorick löst unsere Umarmung, lässt meine Hand aber nicht los. »Na dann komm, wir haben noch ein bisschen Weg vor uns.«

Das bisschen Weg entpuppt sich als Wanderung. Zumindest nach meinem Empfinden. Yorick war der Meinung, wir sollten das wunderschöne Winterwetter nutzen und zu Fuß gehen. Die Sonne strahlt vom eisblauen Himmel, bringt alle Schneekristalle um uns herum zum Glitzern. Ich bin froh, meine Sonnenbrille aufgesetzt zu haben, sonst wäre ich nach spätestens drei Schritten schneeblind.

Tief atme ich die klare, kalte Luft ein. Ich hebe mein Gesicht der Sonne entgegen, sauge gierig die Wärme in mich auf. Obwohl die Kälte, die sich tief in mir festgesetzt hat, als ich Viktor in flagranti erwischt habe, ohnehin längst einer lodernden Hitze gewichen ist.

Hand in Hand laufen wir über den festgefahrenen Schnee, der an manchen Stellen so glatt ist, dass man auszurutschen droht. Die Bäume rechts und links von uns sehen aus wie mit Puderzucker bestäubt und der See, an dem wir entlanglaufen, ist eine einzige glatte, weiße Fläche.

»Wie weit ist es eigentlich bis zu den beiden?«, frage ich.

Yorick wiegt den Kopf hin und her. »So um die zwei Kilometer werden es schon sein. Wenn man zügig läuft, braucht man eine knappe halbe Stunde.« Er deutet auf die glatte Fahrbahn vor uns. »Aber bei diesen Bedingungen sind wir sicher länger unterwegs.«

Übermütig lasse ich seine Hand los und nehme Anlauf, ehe ich schlitternd einige Meter zurücklege, nehme wieder Anlauf und rutsche vorwärts. Nach vier Durchgängen ringe ich lachend nach Luft und warte auf Yorick, der immer noch in gemächlichem Tempo den Weg entlangläuft.

»Pass auf, *Solen*. Wenn du so weitermachst, verletzt du dich noch.«

Ich schüttle den Kopf und grinse ihn aufgekratzt an. So viel Spaß hatte ich zuletzt als Teenager. »Ach, komm schon, Yorick! Mach mit! Das macht so viel Spaß und wir sind auch ganz sicher schneller da!«

Er schüttelt den Kopf und rollt mit den Augen.

»Ganz sicher *nicht*. So kommen wir nämlich deutlich langsamer voran.«

Ich ignoriere ihn und nehme wieder Anlauf. Diesmal schlittere ich noch weiter als zuvor. Triumphierend drehe ich mich zu ihm um.

»Siehst du, es geht wirklich schneller!«, rufe ich und wiederhole das Ganze im nächsten Augenblick.

Immer wieder nehme ich Anlauf, lasse mich über den spiegelglatten Schnee gleiten, fange meinen Schwung mit wenigen Schritten ab. Jedes Mal, wenn Yorick zu mir aufgeschlossen hat, laufe ich wieder voraus.

Ein paar Meter vor mir krümmt sich die Straße und ich nehme extra viel Schwung, um elegant um die Kurve gleiten zu können.

»Solveigh! Stopp!« Yoricks Stimme klingt scharf, aber ich lasse mich davon nicht beirren.

Der Schwung bringt mich dieses Mal richtig ins Schlin-
gern, aber ich halte das Gleichgewicht. Doch den Stein,
der mitten in meiner Schlitterbahn liegt, entdecke ich zu
spät.

Einundzwanzigstes Kapitel

»Autsch!«

Ich sehe, wie Solveigh über etwas am Boden stolpert, wie sie umknickt und sich im nächsten Moment auf dem eiskalten Boden abfangen muss. Im Schnee sitzend hält sie sich mit schmerzerfülltem Gesicht ihr rechtes Handgelenk.

»*Fan*!« In wenigen Schritten bin ich bei ihr. Fluchend komme ich neben ihr zum Stehen, hocke mich neben sie und ziehe sie in meine Arme.

»Wo hast du dir wehgetan?« Mit den Augen suche ich ihr Gesicht nach Verletzungen ab, mit den Fingern betaste ich ihren Knöchel.

»Ah!« Zischend zieht sie die Luft ein. »Ich bin umgeknickt.«

Behutsam schiebe ich ihr Hosenbein hoch, taste noch einmal vorsichtig die Stelle ab, auf die sie zeigt. Es fühlt sich geschwollen an, aber da sie auf meine Berührungen nicht mit Schmerzensschreien reagiert, habe ich noch die Hoffnung, dass er nicht gebrochen ist.

»Was tut dir sonst noch weh? Dein Kopf? Deine Hand?«

»Mein Handgelenk. Das musste schon im Wald einen Sturz abfangen. Aber meinem Kopf geht es gut.«

Erleichtert ziehe ich sie an mich, küsse sie auf den Scheitel. Langsam beruhige ich mich. »Kannst du ihn mal vorsichtig bewegen?«

Solveigh dreht ihren Fuß vorsichtig hin und her, ein Schmerzenslaut entkommt ihr.

»Gebrochen ist er wohl nicht. Aber ich vermute, dass du ihn dir verstaucht hast.«

Solveigh verdreht die Augen und stöhnt. »Na toll«, mault sie und bringt mich damit zum Lachen.

»Halb so schlimm. Sören ist Notfallsanitäter, der hat dir im Nullkommanichts einen Verband angelegt. Nur brauchen wir jetzt noch länger zur *Fika*.« Ich rapple mich auf, halte ihr die Hand hin und helfe ihr hoch. »Wenn du dich auf meine Schulter stützt, dann sollte es gehen. Und wenn du nicht mehr kannst, trage ich dich den Rest.«

Solveigh sieht mich skeptisch an, nickt dann aber.

»Na dann los, sonst wird aus dem Kaffeekränzchen noch ein Abendessen.«

Langsam und Schritt für Schritt setzen wir unseren Weg fort, immer darauf bedacht, Solveighs Knöchel zu schonen.

Wir haben nur noch zwei Kurven vor uns, als Solveigh keuchend stehen bleibt.

»Ist es noch weit? Ich kann nicht mehr«, japst sie.

Ich gebe ihr einen Kuss auf die Schläfe. »Nicht mehr allzu weit. Halt dich an mir fest«, sage ich und hebe sie hoch.

»Yorick, lass mich runter! Wenn es nicht mehr weit ist, schaffe ich das noch. Ich brauche nur eine kleine Pause«, quietscht Solveigh und versucht, sich aus meinen Armen zu winden.

»Wenn du so zappelst, lasse ich dich fallen. Womöglich direkt auf den verstauchten Knöchel. Willst du das?«

Ich kann mein Lachen kaum unterdrücken, als mich ihre grauen Augen schreckerfüllt anstarren. Heftig schüttelt sie den Kopf.

»Dachte ich mir. Es ist wirklich nicht mehr weit, versprochen.«

Kaum zehn Minuten später taucht das rote Farmhaus meiner Nachbarn auf. Björn steht schon in der Tür und hält scheinbar nach uns Ausschau.

»Was ist passiert?«, fragt er, als ich Solveigh behutsam auf der Veranda absetze.

»Sie ist umgeknickt, ich vermute, ihr Knöchel ist verstaucht«, schnaufe ich.

»Na, dann kommt schnell rein, Sören schaut sich das mal an«, meint Björn und hilft Solveigh, ins Haus zu humpeln.

Im Innern des Farmhauses führt er sie zu einem weiß gepolsterten Sofa, schiebt ihr ein Kissen unter den verletzten Fuß und überlässt dann seinem Mann das Feld.

Sören schiebt, wie zuvor ich, Solveighs Hosenbein nach oben, tastet die Verletzung ab und lässt sie dabei keine Sekunde aus den Augen.

»Tut dir außer dieser Stelle sonst noch etwas weh?«, fragt er, als er sanft auf die Schwellung drückt.

Solveigh verzieht das Gesicht, schüttelt aber den Kopf.

»Ich dachte, deine Hand?«, frage ich besorgt.

»Ach ja.« Sie dreht ihre Hand hin und her und zieht scharf die Luft ein. »Das habe ich ja nicht belastet, als wir hergelaufen sind. Es tut auch kaum noch weh.«

Sören lacht leise, während er Solveighs Hand untersucht. »Handgelenk und Knöchel? Auf den Kopf gefallen bist du nicht?«

»Nein. Und das Handgelenk hat schon was abgekriegt, als ich vor zwei Wochen im Wald hingefallen bin«, erzählt sie. Sören hält in der Untersuchung inne. »Wieso rennst du mitten im Winter durch den Wald?«

»Das ist … eine lange Geschichte«, weicht Solveigh aus, aber Björn lauscht jedem ihrer Worte so gespannt, dass er das nicht auf sich beruhen lassen wird.

»Wir haben jede Menge Zeit. Wenn Sören dich voll versorgt hat«, bestätigt er meine Vermutung.

»Das haben wir gleich.« Sören zieht seine Tasche heran, die Björn auf der Sofalehne abgestellt hat. Ein gezielter Handgriff fördert eine Tube Salbe zutage, deren Inhalt er großzügig auf der Schwellung verteilt. Anschließend verbindet er das Gelenk akribisch.

»*Björnen*, bringst du noch einen Kühlpack aus dem Gefrierfach? Ach, und ein Handtuch!«

Sein Mann holt das Gewünschte umgehend und Sören packt Solveighs Fuß darin ein.

»Wenn du sie jetzt noch aufs *Köksoffa* trägst, dann können wir ganz entspannt *Fika* machen«, sagt er schmunzelnd zu mir.

Vorsichtig, um Solveigh nicht wehzutun und den Kühlpack nicht zu verlieren, hebe ich sie hoch und trage sie zu der antiken Holzbank, die im Wintergarten direkt unter den weitläufigen Fenstern steht. Björn folgt mir auf dem Fuß, schiebt das Sofakissen wieder unter Solveighs Knöchel und drückt ein zweites in ihrem Rücken in die Ecke.

»Möchtest du noch mehr? Oder ist es bequem genug für dich?« Ausladend deutet er auf die unzähligen Kissen, die sich auf jedem Sofa, Sessel und Stuhl in unserem Blickfeld befinden.

Solveigh lacht. »Nein danke, Björn. So sitze ich ganz hervorragend.«

Ein bisschen Platz ist noch neben ihr, also tausche ich den Platz mit dem Kissen in ihrem Rücken, ziehe sie dicht an mich heran und gebe ihr so zusätzlich Halt.

Mein Blick schweift über die Kaffeetafel. Björn hat alle Register gezogen. Die schneeweiße Tischdecke wird von silbern gerahmten Tellern, passenden Servietten und Kristallgläsern bedeckt. Die silbern gemusterten Servietten harmonieren perfekt mit dem Geschirr und das Gesteck aus Tannenzweigen, Christrosen und Zapfen bringt den Winter direkt nach drinnen. Sören stellt die Porzellan-Kaffeekanne auf den Tisch, Björn bringt eine riesige *Prinsesstårta*.

»Hast du die selbst gemacht?«, frage ich und deute auf den Überzug, der statt der üblichen knallgrünen Farbe silberweiß marmoriert schimmert.

Björn strahlt mich an und nickt eifrig. »Ja, ich habe experimentiert. Ich wollte mal einen anderen Überzug ausprobieren und voilá. Sieht das nicht fantastisch aus?«

Solveigh nickt strahlend und hält ihm gleich ihren Teller hin. »Sie wartet nur darauf, vernascht zu werden.«

Da sie mir dabei zuzwinkert, bricht Sören in schallendes Gelächter aus.

»*Gumman*, du wirst wohl noch ein paar Tage vorsichtig beim Naschen sein müssen«, japst er und deutet auf ihren Fuß.

Solveigh zuckt nur mit den Schultern, stellt ihren Teller ab und schenkt uns Kaffee ein.

»Das kriege ich schon hin«, antwortet sie.

Sören lacht noch lauter, ich drücke unter dem Tisch ihren Oberschenkel und Björn schüttelt nur amüsiert den Kopf.

»Genug der Andeutungen.« Er setzt sich neben Sören, gießt Kaffee ein und spießt ein Stück Torte auf die Gabel. Damit gestikulierend, sieht er Solveigh und mich an.

»Jetzt erzählt mal, ihr beiden. Wie habt ihr euch kennengelernt? Seit wann kennt ihr euch? Und warum erfahren wir erst so spät von diesem zauberhaften Wesen, das unseren Yorick dazu gebracht hat, sich an den Feiertagen nicht wie eine Schnecke zu verkriechen?«

»Das ist auch eine lange Geschichte«, nuschelt Solveigh zwischen zwei Bissen *Prinsesstårta*.

Björn stützt seine Ellenbogen auf den Tisch, verschränkt die Hände und legt sein Kinn darauf ab. »Wir haben Zeit. Erzähl.«

Solveigh deutet mit dem Kinn zu mir. »Fang an. Du hast mich eher wahrgenommen als ich dich.«

Ich trinke einen Schluck Kaffee, suche Solveighs Hand und verschränke unsere Finger miteinander.

»Mein damaliger bester Freund Viktor hat mir vor zwölf Jahren von einer jungen Frau vorgeschwärmt, die in einer Buchhandlung arbeitet. Er hat mich mitgenommen, um sie mir vorzustellen.« Kurz blicke ich Solveigh an, spüre mein Herz klopfen wie in dem Moment, als sie vor der Tür der *Stuga* stand. »Solveigh war schon damals wunderschön, aber so tief traurig, dass es einem in der Seele wehtat, ihr in die Augen zu sehen.«

Sören und Björn werfen uns fragende Blicke zu.

»Meine Mutter ist vor zwölf Jahren an Krebs gestorben.« Ihre Stimme ist leise, fast flüstert sie. »Ihr Tod hat mich in ein tiefes, schwarzes Loch gerissen, aus dem ich nicht allein rausgefunden habe.«

Die beiden hängen an ihren Lippen, um ja kein Wort zu verpassen.

»Viktor kam immer wieder in den Laden, hat mich so lange umworben, bis ich nachgegeben habe und mit ihm ausgegangen bin. Er hat mich gesehen, nicht meine Trauer. Hat mit mir über alles gesprochen außer Mammas Tod.«

Sie in einem liebevollen Ton von Viktor reden zu hören, wo er ihr das Herz gebrochen, sie so sehr verletzt hat, bringt beinahe mein Blut zum Kochen. Aber ich beherrsche mich eisern, streiche ihr lieber tröstend über den Arm.

»Alle anderen wollten immer nur darüber reden, wie es mir ohne meine Mutter geht. Was ich jetzt tun werde, wie ich das verkrafte. Es war furchtbar. Viktor war der Einzige, der sich wirklich nur um mich bemüht hat. Der mir geholfen hat, die Trauer zu überwinden, indem er mich nicht ständig daran erinnert hat.«

Björn seufzt leise. »Er klingt wundervoll. Aber wo kommt Yorick ins Spiel?«

Solveigh sieht mich an, kneift die Lippen zusammen. Fragend neigt sie den Kopf, aber ich bedeute ihr, weiterzusprechen.

»Viktor war genau das, was ich zum damaligen Zeitpunkt gebraucht habe. Er wurde zu meiner Rettungsleine, zu meinem Anker. Yorick habe ich erst Wochen später so richtig wahrgenommen. Dann hat sich zwischen uns eine tiefe Freundschaft entwickelt. Mit ihm konnte ich über alles reden, was Viktor anging, ich konnte mich bei ihm über Dinge auslassen, die Viktor nicht interessiert haben. Yorick war da, hat mir seine Schulter geliehen, war mein bester Freund. Dachte ich.«

Ihr Tonfall lässt mich zusammenzucken. *Oh, sie ist gut,* denke ich und spüre, wie sich das alte Schuldgefühl wieder in meinem Magen einnisten will.

Björn greift nach Sörens Hand. »Was ist passiert?«, fragt er mit weit aufgerissenen Augen.

Jetzt ist es an mir, die Geschichte weiterzuerzählen. »Ich habe mich in Solveigh verliebt. Aber ich wusste, dass sie für mich tabu war, also habe ich mich damit abgefunden, nie mehr als ein Freund für sie zu sein. Für alles, was sie mit Viktor nicht teilen konnte oder wollte, hatte ich ein offenes Ohr. Allerdings habe ich ihr jahrelang verschwiegen, dass Viktor ihr nicht treu war.« Meine Kehle wird eng, als ich an die Zeit zurückdenke, an meine unterdrückten Gefühle, die Schuld. An das, was ich durch meine Feigheit beinahe verloren hätte.

Björn fällt fast vom Stuhl. »Das ist nicht dein Ernst!«

Solveigh greift nach meiner Hand, verschränkt ihre Finger mit meinen, ehe sie mit unserer Geschichte fortfährt.

»Vor ein paar Jahren ist Yorick vom einen auf den anderen Tag verschwunden. Ohne ein Wort. Mein bester Freund war plötzlich fort. Ich dachte, ich würde ihn nie wiedersehen. Bis ich Viktor in flagranti mit seiner Stiefmutter erwischt habe und vor allem davongelaufen bin.«

Sören gibt einen grunzenden Laut von sich, Björn hat eine Hand über den Mund gelegt. Die beiden sehen aus, als würden sie den spannendsten Kinofilm aller Zeiten sehen.

Solveigh nimmt einen Schluck Kaffee, wirft mir einen liebevollen Blick zu. Dann erzählt sie von Filip, seinen Forderungen und wie sie durch den Wald bis zu mir geflüchtet ist. Sozusagen geradewegs in meine Arme.

Björn und Sören hören ihr gebannt zu, haken hier und da nach und ich kann ihnen ansehen, dass sie am liebsten auch die letzten Details hören wollen

Doch dieser Part gehört nur Solveigh und mir. Nur unseren Herzen, unseren Seelen, unseren Körpern.

Wie im Flug vergehen die Stunden, es ist längst dunkel geworden, als wir unsere Geschichte beenden. Die *Tårta* ist schon lange aufgegessen, die zweite Kanne Kaffee geleert. Solveigh hat ihren Teil zu unserer Geschichte beigetragen, mich hier und da verbessert oder Lücken gefüllt, wenn ich es nicht konnte.

»Ihr solltet eure Geschichte aufschreiben. Sie ist so herrlich romantisch«, schwärmt Björn und schmiegt sich in Sörens Arme.

»Unbedingt. Und Yorick illustriert eure schönsten Momente dazu.«

Solveighs Augen weiten sich, ich kann sehen, wie es hinter ihrer Stirn arbeitet. Mit geblähten Nasenflügeln schüttle ich den Kopf.

»Ganz bestimmt nicht!«

»Aber warum denn nicht?«, fragt Sören, von dem ich weiß, dass er eine ähnlich große Leidenschaft für Bücher hegt wie Solveigh.

»Weil das unsere Geschichte ist. Und weil ich die Bilder, die ich von Solveigh zeichne, ganz sicher mit niemandem teile.« Das Grinsen, das ich ihr über meine Tasse hinweg zuwerfe, erwidert Solveigh, ohne zu Zögern.

»Kannst du Sören beibringen, mich auch so zu zeichnen?« Björns Frage kommt so unerwartet, dass ich mich prompt an meinem Rest Kaffee verschlucke.

Jetzt ist es an Sören, zu grinsen.

Solveighs Lachen vermischt sich mit Björns und ich fühle mich so wohl wie seit vielen Jahren nicht mehr in der Gesellschaft mehrerer Menschen. Für einen kurzen Moment bin ich ehrlich zu mir selbst und gestehe mir ein, dass ich solche Runden unter Freunden ziemlich vermisst habe. Aber die Sehnsucht nach Solveigh und die Erinnerungen an den Bruch zwischen Viktor und mir haben mich lange davon abgehalten, mich wieder auf jemanden einzulassen.

Hier und jetzt nehme ich mir vor, es nie wieder so weit kommen zu lassen.

Ich sehe, wie Solveigh einen verstohlenen Blick auf ihre Armbanduhr wirft. Zum dritten Mal innerhalb der letzten Viertelstunde.

»Möchtest du nach Hause?«, raune ich ihr ins Ohr und meine, sie erleichtert aufseufzen zu hören.

»Ja, mein Knöchel tut wieder ziemlich weh. Und müde bin ich auch.«

Den letzten Part nehme ich ihr nicht ab, da sie dabei die Innenseite meines Beines beinahe bis zu meinem Schritt hochfährt, was gewissen Regionen meines Körpers eine unmittelbare Reaktion entlockt.

»Ich fahre euch«, sagt Sören. Als ich verneinen will, hebt er nur die Hand. »Solveigh kann mit dem Knöchel unmöglich nach Hause laufen und du wirst sie im Dunkeln keine zwei Kilometer weit tragen. Ich fahre euch.«

Dankbar verabschieden wir uns von Björn, der unser Angebot, beim Aufräumen zu helfen, vehement ablehnt. »Revanchiert euch lieber bei Gelegenheit mit einer *Fika* bei euch. Ich will diese Zeichnungen sehen«, ruft er uns hinterher, als wir Sören nach draußen folgen. Statt zu antworten, winke ich nur ab, bugsiere Solveigh auf die Rückbank und klettere neben Sören auf den Beifahrersitz. Wenig später steuert er seinen XC-90 durch mein Gartentor. Verwundert bremst er hinter einem scharlachroten BMW Sportwagen ab. Mir wird eiskalt bei dem Anblick, denn ich kenne nur eine einzige Person, die solch eine protzige Karre fährt. Und die weiß, wo meine *Stuga* liegt.

»Viktor«, zische ich.

Hinter mir gibt Solveigh einen erstickten Laut von sich. Ich fahre herum und sehe Irritation in ihrem Blick aufflackern. Und Furcht.

»Aber … warum?«, flüstert sie leise.

Sie deutet aus dem Wagenfenster auf Viktor, der inzwischen mit verschränkten Armen an der Motorhaube seines Wagens lehnt. Sein Blick ist so besitzergreifend auf Solveigh gerichtet, dass mein Beschützerinstinkt brüllend zum Leben erwacht. Mit einem Mal fällt mir ein, dass Solveigh mir nie erzählt hat, was genau zwischen ihr und Viktor vorgefallen ist, als sie ihre Sachen abgeholt hat. Jetzt zähle ich eins und eins zusammen.

»Hat er dir gedroht?«, will ich wissen und meine Stimme ist kaum mehr als ein heiseres Grollen, so sehr muss ich mich beherrschen, nicht aus dem Auto zu stürmen.

»Er nicht, aber Filip …«, haucht Solveigh, was mich aber keineswegs beruhigt.

»Danke fürs Herbringen, Sören«, sage ich so kontrolliert wie möglich, ehe ich mich abschnalle und die Tür öffne.

»Brauchst du Hilfe?«, fragt er und deutet sowohl auf Solveigh als auch auf den BMW vor uns.

Ich verneine mit einer kurzen, aber eindeutigen Kopfbewegung. Solveigh hat sich inzwischen halb aus dem Auto gehievt und auch ich steige aus, ehe ich mir ihren Arm um die Schultern lege und mit der Hacke die Autotür schließe.

Wir bleiben stehen, bis Sören ausgeparkt hat, dann machen wir uns langsam auf den kurzen Weg zum Haus, ohne den ungebetenen Besuch eines Blickes zu würdigen.

Ich höre den Schnee hinter uns knirschen, als er uns folgt. Es benötigt beinahe meine ganze Willenskraft, mich nicht umzudrehen und Viktor hochkant vom Grundstück zu schmeißen. Aber er ist nicht meinetwegen da, also reiße ich mich zusammen.

Als wir die Stufen erreichen, die zur schmalen Veranda führen, hebe ich Solveigh vorsichtig hoch und trage sie bis zur Haustür.

»Solveigh! Was ist passiert? Hat er dir was getan?« Viktors Stimme zerschneidet die Stille um uns herum wie ein Peitschenschlag. Die Provokation darin ist nicht zu überhören.

Solveigh versteift sich auf meinem Arm, bedeutet mir, sie runterzulassen. So sanft, wie es mein innerer Aufruhr zulässt, setze ich sie auf der kleinen Bank ab. Meine Hand auf ihrer Schulter, weiche ich keinen Schritt von ihrer Seite.

»Sie ist umgeknickt. Nichts, was nicht bald wieder in Ordnung ist.«

Bei der Kälte in meiner Stimme zuckt Solveigh zusammen. Ich drücke beruhigend ihre Schulter.

»Das ist deine Meinung, aber vielleicht hat Solveigh ja was anderes zu sagen?« Viktor steht vor uns wie eine einzige Herausforderung.

»Was willst du hier, Viktor?« So langsam verliere ich die Geduld. Warum sieht er nicht endlich ein, dass er Solveigh verloren hat? Ein für alle Mal? Dass unsere Rollen jetzt vertauscht sind?

»Ich will mit Solveigh sprechen. Allein«, antwortet er und in seiner Stimme schwingt auf einmal Unsicherheit mit. So, als wolle er mich um Erlaubnis bitten.

»Warum?« Was kann Viktor zu sagen haben, das ich nicht hören soll?

»Lass mich mit ihm reden, Yorick. Ich schaffe das schon«, dringt Solveighs sanfte Stimme an mein Ohr. »Vertrau mir«, fügt sie hinzu, als sich meine Finger in ihre Schulter krallen.

Alles in mir sträubt sich dagegen, sie mit diesem Mann, der sie so sehr verletzt hat, allein zu lassen. Aber mein Vertrauen in Solveigh, deren Liebe ich in jeder Geste und jedem Blick lesen kann, gewinnt die Oberhand. Ich beuge mich zu ihr hinab, küsse sie sanft und murmle an ihren Lippen: »Ruf, wenn du mich brauchst.«

Zu mehr bin ich nicht in der Lage. Ich weiß nicht, was ich von diesem Überraschungsbesuch halten soll, was Viktor vorhat. Aber so, wie er sie ansieht, gehe ich davon aus, dass er jeden Moment sein ekelerregendes Süßholz raspelt. Lange musste ich mit ansehen, wie er die Frau, die ich mehr als mein Leben liebe, um den Finger wickelt. Wahrscheinlich ist es gut, dass ich dabei dieses Mal nicht danebenstehe. Noch einmal kann ich mich nicht beherrschen. Noch einmal ertrage ich das nicht.

Zweiundzwanzigstes Kapitel

Die Nüchternheit in Yoricks Stimme schneidet direkt in meine Seele. Nicht meinetwegen, sondern weil dieser unangekündigte Besuch ihm so sehr zusetzt. Inzwischen sind wir wieder so vertraut, dass ich genau spüre, was in ihm vorgeht. Dass er eigentlich nicht von meiner Seite weichen will, es aber gleichzeitig auch für ihn besser ist, nicht hierzubleiben.

»Wie schlimm ist es?«, fragt Viktor.

Als ich nicht antworte, deutet er auf meinen Knöchel. »Dein Fuß. Der scheint schlimmer verletzt, als Yorick behauptet hat.«

»Ist er nicht«, erwidere ich nur mit zusammengezogenen Augenbrauen. »Hör auf, um den heißen Brei herumzureden. Du hast deinen heiligen Sportwagen wohl kaum ohne Grund diesem Schnee ausgesetzt und bist den ganzen Weg hierhergefahren. Also?«

Viktor weicht meinem Blick aus, starrt für einen kurzen Moment an mir vorbei. »Ich weiß nicht, ob du dich daran erinnerst, wie oft ich in Almas Laden stand, ehe ich dich angesprochen habe. Deine Augen haben immer so unendlich traurig geschaut und jedes Mal, wenn du gerade nichts zu tun hattest, hat sich so ein Schatten auf dein Gesicht gelegt. Den wollte ich vertreiben. Um jeden Preis.«

Stumm höre ich ihm zu. Seine Worte überrumpeln mich. Natürlich erinnere ich mich daran, er war es schließlich, der meinem Leben wieder Licht eingehaucht hat. Aber ich habe vergessen, wie sanft seine Stimme werden kann, wie liebevoll seine Worte sein können, wenn er es will. Seine Seitensprünge, sein Verhalten in den letzten Tagen haben all das verblassen lassen. Aber so dankbar ich ihm dafür bin, mir meine Trauer leichter gemacht zu haben, seine Untreue macht es bestimmt nicht vergessen.

Viktor beugt sich zu mir, nimmt meine Hand. Haucht einen Kuss auf meinen Handrücken. Eine intime Geste, die er immer dann genutzt hat, wenn er mich von etwas überzeugen wollte. Jetzt verursacht es mir nur noch Übelkeit.

»Lass das«, murmle ich und entziehe ihm ruckartig meine Hand.

Viktor lacht bitter. »Er hat es wirklich geschafft, oder? Dich einzuwickeln. Ich hätte nie gedacht, dass du bei ihm bleibst, wenn du weißt, dass er dich belogen hat.«

Stöhnend schließe ich die Augen, lehne meinen Kopf an die Glasumrandung der Veranda. »Du kannst es einfach nicht ertragen, dass ich dich verlassen habe, oder? Soll ich ehrlich zu dir sein?« Ich schlage die Augen auf, halte Viktors brennendem Blick stand. »Yorick ist so viel mehr, als du es jemals warst. Als du es je sein könntest, Viktor.«

Für einen Wimpernschlag blitzt Schmerz in seiner Miene auf. Doch genauso schnell hat er sich wieder unter Kontrolle. »Schade. Ich bin davon ausgegangen, dass du deine Meinung über Yorick inzwischen geändert hast und wir uns endlich versöhnen könnten. Aber offensichtlich lag ich da falsch.«

Sprachlos starre ich ihn an. Der Mann vor mir hat so wenig mit demjenigen zu tun, in den ich mich vor so vielen Jahren verliebt habe, dass mir einfach keine passende Erwiderung darauf einfällt.

»Sag mir nur eins, Viktor. Warum? Warum war ich dir nicht genug?« Der verbale Schlag gilt mir genauso wie ihm.

»Würde es etwas ändern, wenn ich es wüsste?«, schlägt er zurück.

Nein, denke ich. Aber ich habe meine Antwort, so oder so. Er hat nie wirklich darüber nachgedacht, was er tut, wen er mit seinen Eskapaden verletzt. Das ist mir jetzt klar.

»Ich glaube, du gehst jetzt besser. Mach's gut, Viktor.« Mit diesen Worten stemme ich mich von der Bank hoch, wende mich zum Gehen. Viktor packt mich so blitzschnell am Arm, dass ich ins Straucheln gerate und gegen seine Brust falle.

»Irgendwann wirst du merken, dass auch er nicht unfehlbar ist. Und dann wird niemand da sein, der dich auffängt. Merk dir meine Worte.«

Ich stemme meine Hände gegen seine Brust, winde mich aus seinem einengenden Griff.

»Verschwinde endlich, Viktor. Und lass mich ein für alle Mal in …«

Mit einem Krachen fliegt die Tür hinter mir auf. Ich erschrecke so fürchterlich, dass ich beinahe rückwärts auf die Bank falle. Schwer atmend steht Yorick im Türrahmen, seine blauen Augen sind dunkel wie das sturmgepeitschte

217

Meer. »Du hast sie gehört. Verschwinde«, knurrt er und Viktor weicht zwei Schritte zurück.

Mir stockt der Atem. Wie der Donnergott in Person steht Yorick da, durchbohrt Viktor mit Blicken. Bis der mit unverhohlenem Widerwillen den Rückzug antritt. Er wirft uns noch einen letzten finsteren Blick zu, dann steigt er in sein Auto und fährt davon.

Erst als ich die Rücklichter nicht mehr sehen kann, kann ich wieder atmen. Ich richte mich auf, humple auf Yorick zu. Er kommt mir entgegen, zieht mich in seine Arme und küsst mich mit verzweifelter Leidenschaft. Minuten vergehen, ehe wir voneinander ablassen, Stirn an Stirn schwer atmend dastehen.Mein Herz schlägt so schnell, als wolle es durch den Brustkorb brechen, um sich mit Yoricks zu vereinen.

»Ich liebe dich«, flüstere ich.

Yorick schmiegt seine Hand an meine Wange, fährt mit dem Daumen über meine Unterlippe. »Bis in alle Ewigkeit«, erwidert er und es gibt nur noch ihn und mich.

Bis ein Motorengeräusch uns aus unserer kleinen Welt zurückkatapultiert.

Verwirrt sehe ich zur Einfahrt hinüber, doch es ist nicht Viktor, der zurückgekommen ist, sondern Filip.

Mein Bruder parkt seinen Wagen und springt so schnell heraus, dass ich keine Chance habe, ungesehen ins Haus zu kommen und so zu tun, als wäre ich nicht da.

»Du!«, brüllt er und zeigt mit dem Finger auf mich. »Du hast Viktor schon wieder fortgeschickt! Du bist mein Untergang! Ohne dich an seiner Seite will er sein Geld zurück!«

Spucke fliegt bis zu mir, trifft mich mitten ins Gesicht, so sehr echauffiert er sich. Angewidert wische ich mir mit dem Ärmel darüber, fixiere meinen Bruder mit eiskaltem Blick.

»Zum letzten Mal, Filip! Ich habe nichts mit eurer Abmachung zu tun!«

Yorick steht direkt in meinem Rücken, ein stiller Fels in der Brandung. Ich fühle, wie sein Herz gegen die Rippen hämmert. Er summt vor Anspannung, beherrscht sich offensichtlich nur mühsam. Ich taste nach seiner Hand, lege sie auf meine Hüfte. Eine Geste, um meinem Bruder klarzumachen, wohin ich gehöre. Und dass ich hier nicht mehr weggehe.

Filips Gesicht ist puterrot, seine Augen sind blutunterlaufen. Jetzt kann ich auch seine Fahne bis zu mir riechen, obwohl er noch am Fuß der Treppe steht. Doch er lallt nicht. Vielleicht hat er in letzter Zeit so viel Alkohol in sich geschüttet, dass es seinen Körper nicht mehr beeindruckt.

Er macht drei drohende Schritte auf mich zu und fuchtelt mit seiner geballten Faust vor mir herum.

»Du lügst! Ohne dich hätte er mir das Geld nie geliehen! Ruf ihn an und hol ihn zurück!«

Yorick zieht mich neben sich, außerhalb von Filips Reichweite. Doch ich will endlich zur Ruhe kommen, will dieses Kapitel meines Lebens abschließen. Daher löse ich mich von Yorick, trete meinem Bruder entgegen.

Meine Stimme ist hart, als ich ihm antworte. »Nein, Filip. Ein für alle Mal nein. Hau endlich ab!«

Wie viel Wut und Verzweiflung in meinem Bruder wirklich steckt, merke ich erst in diesem Moment. Als er sich mit einem lauten Brüllen auf mich stürzt, mich am Hals packt und zu Boden reißt.

Dreiundzwanzigstes Kapitel

Das Geräusch, als Solveighs Kopf auf den Boden knallt, werde ich wohl nie wieder vergessen. Ohne Rücksicht stürzt sich ihr Bruder mit voller Wucht auf sie. Und sie ist ihm wehrlos ausgeliefert.

Brüllend packe ich Filip am Kragen, zerre ihn hoch und schleudere ihn in den Schnee. Sein Adrenalinspiegel scheint nicht weniger hoch als meiner zu sein, denn er springt augenblicklich wieder auf und will sich erneut auf Solveigh stürzen.

Mein Stoß gegen seine Brust lässt ihn wieder rücklings in den Schnee stolpern, wo er benommen liegen bleibt.

»Solveigh. *Min Sol*, hörst du mich?« Ich knie mich neben sie, drücke ihre Hand an meine Brust. Die Angst um sie hat mein Herz gepackt. Dieses Geräusch, als ihr Kopf aufschlug …

Da öffnet Solveigh die Augen und nickt benommen, hält sich dann aber stöhnend den Kopf.

»Mein Schädel platzt und alles dreht sich. Aber ich denke … Yorick, pass auf!«

Ihre Warnung lässt mich Filips Schlag gerade noch ausweichen. Allerdings nicht weit genug, seine Faust donnert auf meinen Wangenknochen. Für einen Moment tanzen Sterne vor meinen Augen. Dann rapple ich mich auf und stelle mich schützend vor Solveigh, ehe Filip erneut ausholen kann.

»Hast du sie nicht gehört?«, brülle ich. »Verschwinde von unserem Grundstück!«

Keines meiner Worte dringt zu ihm durch. Solveigh setzt wieder dazu an, ihn zu beschwichtigen, doch Filip scheint in einer völlig anderen Welt.

»Ich hab dir gesagt, ich schleif dich eigenhändig zurück, wenn ich muss«, röhrt er und stürzt sich blindlings auf uns.

Seinem nächsten Faustschlag kann ich ausweichen, und irgendwie gelingt es mir, Filip mit einem Schlag gegen die Schläfe wehrlos zu machen. Er sackt zu Boden, bleibt auf der Treppe liegen.

Solveigh zieht sich auf die Bank, lässt stöhnend den Kopf in die Hände sinken.

»Es gibt nur einen Menschen, der ihn zur Vernunft bringen kann«, murmelt sie und ich weiß, dass sie damit nicht ihren Vater meint.

»Bist du dir sicher?« Skeptisch beäuge ich den bewusstlos am Boden liegenden Filip. »Ich würde lieber die Polizei rufen.«

Solveigh hebt den Kopf. »Ich bin mir sicher. Egal, was zwischen Viktor und mir war, in seine Geldgeschäfte hat er mich nie mit hineingezogen. Und er ist der Einzige, dem Filip das glauben wird.«

Mein Seufzer ist so tief, dass Solveigh mitfühlend lächelt. Sie streckt die Hand nach mir aus, zieht mich zu sich. »Bitte, Yorick. Ich will, dass wir endlich unsere Ruhe haben. Lass mich ihn anrufen, lass ihn Filip abholen.«

Ergeben nicke ich. Sie hat recht.

Solveigh nestelt wortlos ihr Handy aus der Tasche und wählt. Das Freizeichen dringt laut an mein Ohr, sie hat auf Lautsprecher gestellt.

»Hast du es dir doch anders überlegt?«, dröhnt Viktors Stimme blechern durch den Hörer. Mir läuft ein Schauer über den Rücken.

»Habe ich nicht. Aber du musst trotzdem sofort zurückkommen. Filip ist hier aufgetaucht und auf uns losgegangen.«

Ohne seine Antwort abzuwarten, beendet sie das Gespräch und stopft ihr Handy zurück in die Hosentasche. Erschöpft lasse ich mich neben sie auf die Bank sinken. Sie dreht meinen Kopf zu sich, fährt federleicht mit der Fingerspitze über die Stelle, an der Filips Faust mich getroffen hat. Ihre Berührung hinterlässt ein Kribbeln auf meiner Haut, das das schmerzhafte Pochen überlagert. Zu unseren Füßen grunzt Filip und rührt sich. Ich beäuge ihn skeptisch, wäge ab, ob er sich gleich wieder auf uns stürzt. Als er keine Anstalten macht, aufzustehen, atme ich einmal tief ein und küsse Solveigh auf die Stirn.

Stumm sitzen wir so da, warten darauf, ob Viktor wirklich zurückkommt, während wir gleichzeitig ein Auge auf Filip haben.

Kurze Zeit später hält Viktors Wagen vor dem Gartentor, mitten auf dem Weg. Er steigt aus, ist in wenigen Schritten bei uns.

»Was war denn hier los?«, fragt er emotionslos und deutet auf Filip.

»Filip hat seine Drohung wahrgemacht und ist hier aufgetaucht, um mich zu dir zurückzuschleifen.« Solveighs Stimme klingt kratzig, aber sie hält Viktors ungläubigem Blick Stand. »Seiner Meinung nach hast du ihm nur Geld geliehen, weil ich dein Bett wärme.«

»So ein Schwachsinn«, erwidert Viktor aufgebracht und stößt Filip mit der Fußspitze an, ehe er wieder Solveigh ansieht. »Du warst niemals Teil unserer Vereinbarung. Ich knüpfe meine Geldgeschäfte nicht an Bedingungen. Schon gar nicht an solche.«

Filip richtet sich mühsam auf. Er blinzelt mehrmals, blickt von Solveigh zu Viktor. Seine Miene hellt sich auf und er steht so ruckartig auf, dass er ins Wanken gerät. Stöhnend stützt er sich an einem Balken ab. »Sie ist also endlich zur Vernunft gekommen und hat dich angerufen. Sehr schön, dann können wir ja alle nach Hause fahren«, nuschelt er an seiner geschwollenen Lippe vorbei.

»Filip, lass den Scheiß.« Viktors Stimme ist schneidend, er tritt ganz nahe an ihn heran. »Ich werde das hier genau ein einziges Mal sagen. Solveigh hat nichts, aber auch gar nichts mit der Vereinbarung zu tun, die ich mit dir getroffen habe. Dein Darlehen zahlst du mir zurück, wenn du wieder auf den Beinen bist. Genau so, wie es in unserem Vertrag steht.«

Er wirft einen Blick zu Solveigh, dann zu mir. Und weiß ohne Frage, dass er sie verloren hat.

Viktor packt Filip am Arm, zerrt ihn hoch. Er führt ihn die Treppe hinunter und dirigiert ihn zu seinem Auto. Er öffnet die Beifahrertür, zwingt ihn einzusteigen. Dann dreht er sich zu uns um, kommt noch einmal ein

Stück zurück, eine Hand in der Hosentasche vergraben.

»Er wird dich nicht mehr belästigen, Solveigh«, verspricht er. »Ich lasse sein Auto morgen abholen.« Damit wendet er sich zum Gehen.

»Viktor, warte.« Solveigh stemmt sich von der Bank hoch und ich halte ihr den Arm hin, um sie zu stützen. Langsam humpelt sie auf Viktor zu, die drei Stufen zu ihm hinunter und bleibt einen Schritt vor ihm stehen.

»Danke.« Ihre Stimme ist leise, aber kräftig. Und dieses eine Wort beinhaltet alles, was noch gesagt werden muss.

Viktor nickt erst ihr zu, dann in meine Richtung. Unsere Freundschaft mag nicht stark genug gewesen sein, aber der Hass zwischen uns verblasst in diesem Moment.

Ohne ein weiteres Wort dreht Viktor sich um, geht auf seinen Wagen zu. Am Gartentor wendet er sich noch einmal zu uns um.

»Passt gut aufeinander auf«, sagt er da leise. Doch ehe er meine Überraschung sehen kann, hat er sich schon wieder abgewandt.

Arm in Arm stehen wir da, beobachten, wie Viktor in den Wagen steigt, davonfährt, gemeinsam mit Filip aus unserem Leben verschwindet. Als das Auto nicht mehr zu sehen ist, hebt Solveigh den Blick, zieht meinen Kopf zu sich hinunter. Ihr Kuss ist federleicht und doch so bedeutungsschwer wie keiner zuvor. Denn dieser hier erzählt mir, dass die Frau, die ich schon seit so vielen Jahren liebe, mich nicht weniger tief in ihr Herz gelassen hat. Und dass nichts und niemand uns jemals wieder trennen wird.

Epilog
Elf Monate später

»Yorick, hilfst du mir mal?«

Solveigh balanciert auf einem Schemel und versucht vergeblich, die Lichterkette am Dach über unserer Haustür anzubringen. Kopfschüttelnd werfe ich die Axt auf den Block und gehe zu meiner Frau hinüber, um sie im Zweifel aufzufangen. Meine Hände legen sich mit sanftem Druck auf ihre Hüften und halten sie fest, während sie sich auf die Zehenspitzen stellt und die Kette um den letzten Nagel im Holz wickelt.

»Fertig!«, ruft sie voller Begeisterung und mein Herz schwillt an vor Liebe.

Noch vor einem Jahr hätte ich mir nicht träumen lassen, dass ich je wieder ein Luciafest oder gar Weihnachten feiern würde. Aber dank Solveigh, die wie ein Schneesturm in mein Leben gewirbelt kam, kann ich es nun kaum abwarten, mit unseren Familien, unseren Freunden gemeinsam zu feiern.

Vorsichtig hebe ich sie vom Schemel und stelle sie vor mir auf den Boden, ehe ich sie auf die kalte Nasenspitze küsse.

»Solltest du nicht etwas vorsichtiger sein?«, frage ich und lege eine Hand auf ihren Bauch.

Sie grinst mich an und winkt ab. »Ach was, wir sind robust. Und solang ich mich noch so bewegen kann, wie ich will, werde ich das auch tun.« Mit diesen Worten gibt sie mir einen schnellen Kuss und verschwindet wieder im Innern der *Stuga*, vermutlich, um noch mehr Deko-Kram nach draußen zu zerren.

Ehe sie mich erneut zu Hilfe ruft, widme ich mich wieder meinem stetig wachsenden Holzstapel. Mit jedem Hieb meiner Axt erinnere ich mich an das letzte Jahr, an die Tage vor und nach Weihnachten. Unser gemeinsames kleines Weihnachtsfest, unsere ersten Küsse, das erste Mal vor dem Kamin. Okay, vielleicht sollte ich daran nicht ganz so ausführlich denken, immerhin wollen wir gleich mit unseren Gästen zusammen feiern. Und wenn ich meinen Gedanken jetzt freien Lauf lasse, bringe ich es fertig und sage das Fest ab.

Solveigh kommt aus dem Haus, eine riesige Kiste hinter sich herziehend. Augenblicklich lasse ich die Axt fallen und eile zu ihr. »Lass mich das machen, du sollst nicht so schwer tragen.«

Mit einem abgrundtiefen Seufzer stemmt sie die Hände in die Hüften und verdreht die Augen. »Yorick, ernsthaft. Ich bin schwanger, nicht gebrechlich. Ich verspreche dir, wenn es mir zu schwer wird, rufe ich dich.«

Ich gebe auf. Gegen ihre Sturheit bin ich schlicht und einfach machtlos. Liebevoll nehme ich Solveighs rechte Hand, die inzwischen ihr eigenes Tattoo ziert. Ein filigranes Netz zieht sich von ihrem Handgelenk bis beinahe zum Ellenbogen hoch. Sie hat sich das Netz von Wyrd, das Schicksalsnetz der Nornen, stechen lassen, kurz nachdem sie endgültig in der *Stuga* eingezogen ist. Als Symbol dafür, wie das Universum und die alten Götter unsere Wege zusammengeführt, unsere beiden Schicksale wieder vereint haben. Und als Gegenpol zu meinem Tattoo auf dem linken Handgelenk. Ich verschränke meine Hand mit ihrer, sodass Odins Knoten das Netz auf ihrem Unterarm berührt.

Sie seufzt leise auf und schmiegt sich an mich, meine Haut kribbelt, wo sie auf ihre trifft.

»Ich habe ein Geschenk für dich«, flüstert sie.

Fragend neige ich den Kopf. »Weihnachten ist erst in elf Tagen, *min Sol*«, sage ich.

In der Ferne kann ich ein Auto hören, augenscheinlich sind Sören und Björn nicht mehr weit. Oder Solveighs Familie mit Alma. Nur Lilja ist es nicht, denn ihr Auto erkenne ich auch aus drei Kilometern Entfernung. Emma habe ich schon vor einer Stunde abgeholt, sie kümmert sich in der Küche um das Festmahl. Ihre Freude über unsere Einladung war so groß, dass sie es sich nicht hat nehmen lassen, für uns alle zu kochen.

»Ich weiß. Aber ich kann es nicht mehr erwarten, dein Gesicht zu sehen«, erwidert sie mit einem Kichern und löst sich von mir. Sie kramt in der Kiste und zieht einen unscheinbaren Karton heraus. Mit leuchtenden Augen drückt sie ihn mir in die Hand.

Behutsam öffne ich den Deckel und werfe einen Blick hinein. Zwei emaillierte Tassen befinden sich darin und mir stockt der Atem.

»Du hast nicht …«, bringe ich hervor und nehme eine von ihnen aus dem Karton.

Sie hat.

Solveigh hüpft auf und ab vor Aufregung. »Gefallen sie dir?«

Sprachlos blicke ich die Tasse in meinen Händen an. Zwei einander zugewandte Dalapferdchen sind darauf abgebildet, verbunden durch eine gezackte Linie. Als ich Solveig anblicke, legt sie die Hände auf ihren Bauch und nickt.

»Du und ich, verbunden durch ihren Herzschlag.«

Tränen sammeln sich in meinen Augen. Vor Rührung über dieses Geschenk, vor Liebe, vor Dankbarkeit. Die Tassen sehen fast genauso aus wie die meiner Eltern, aus denen nur wir beide trinken. Jetzt haben wir unsere eigenen, mit einer ganz besonderen Bedeutung nur für uns. Ich ziehe Solveigh in meine Arme, küsse sie zärtlich.

Als das Auto auf den Hof fährt, unterbrechen wir den Kuss und ich lege die Tasse vorsichtig zurück in ihre Verpackung.

Kaum sind Sören und Björn samt ihren Zwillingen aus dem Auto gestiegen, als auch Halvars Pick-up die Einfahrt hinauffährt. Ich winke unseren Gästen zu, höre inzwischen auch Liljas Wagen in der Ferne. Dann sind wir bald alle komplett. Ich bin dankbar, mit all diesen Menschen zu feiern. Sogar auf meine Schwester samt Familie freue ich mich. Von jetzt an werde ich selbst alle Weihnachtsschinken willkommen heißen, die sie mitbringt.

Mit einem leisen Seufzer löse ich mich von Solveigh, doch sie hält mich am Hemd fest.

»Yorick?«

Fragend sehe ich sie an. Ihre Hand schmiegt sich an meine Wange, ihre grauen Augen nehmen meine gefangen.

»Küss mich noch mal«, fordert sie sanft.

Dazu brauche ich keine zweite Aufforderung. Alle um uns herum ignorierend, küsse ich sie, bis mir schwindelig wird und ich nicht mehr weiß, wo oben und unten ist. Aber es ist auch völlig egal, denn solang Solveigh an meiner Seite ist, mag die Welt kopfstehen oder auseinanderbrechen. Den Schneesturm in meinem Herzen wird nichts jemals zum Erliegen bringen.

ENDE

Danke

Als ich das erste Mal in einer Danksagung erwähnt wurde, war für mich klar, bald will ich auch so etwas schreiben. Ans Ende meines Buches, als Dankeschön an alle jene, die sich mit mir durch die Seiten gekämpft haben, die mich unterstützen und mich auf meinem Weg begleiten, egal wohin er führt. Jetzt ist es soweit. Dieses Buch hat mich Schweiß, Tränen und Nerven gekostet und ohne euch wäre ich manches Mal verzweifelt. Dafür ist es jetzt das beste Buch, das ich mir wünschen kann. Der Weg dorthin war lang, aber ich nehme so viel mit, habe so viel gelernt. Darum sage ich Danke, auch wenn dieses kleine Wörtchen kaum ausreicht, für alles, was ich eigentlich sagen will.

Danke, *Axel*. Dafür, dass du mir den Rücken freihältst, wenn ich wieder Land unter habe. Dass du mich für Wochen am Stück nach Schweden fahren lässt, dass du mich Buch um Buch um Buch lesen lässt. Dass du an mich glaubst und mir in allen Schneestürmen beistehst. *Jag älskar dig.*

Danke an **meine Mäuse**. Für eure Geduld, wenn ich wieder nicht auf euer „Mama" reagiert habe. Für euer Lachen und eure Liebe. Für jeden Moment mit euch. *Ni är min värld.*

Danke, **Mama und Papa**. Danke für eure Unterstützung, euren Glauben an mich und das, was ich tue. Danke für unzählige Fahrten nach Kråkshult, für euren Input, eure Begeisterung. Danke für alles, was ihr mir ermöglicht.

Danke, **Elja**. Für diese unglaubliche Erfahrung des ersten Lektorats. Du hast mich an meine Grenzen gebracht, mir gezeigt, wo es hakt, was ich besser machen muss. Du hast das Beste aus mir und dieser Geschichte geholt, du hast meine liebsten Sätze und Szenen genauso gefeiert wie ich. Ich hätte mir keine bessere Lektorin für Solveigh und Yorick wünschen können. Und ja, ich mag knurrende Protagonisten, Blicke die Bände sprechen und Herzklopfen. Beim nächsten Buch gibt's mehr davon ;) .

Danke, **Francis**. Für dieses wunderschöne Cover. Dafür, wie perfekt du SolRick eingefangen hast. Für dein ehrliches Feedback als Testleserin, für deine unzähligen Sprachnachrichten, deine Ideen, deine Hilfe. Für Schreibfest-Abende, für Sprints und für diese Freundschaft, mit der ich nie gerechnet hätte.

Danke, **Kim**. Für jede Nachfrage, wie es läuft, für stundenlange Sprachnachrichten, für deine Ideen, deinen Support. Und vor Allem Danke für den Tritt in den Hintern, der mich dazu gebracht hat, die Perspektive zu wechseln. Danke fürs Zuhören, Zoomen und mitnehmen auf diesen unglaublichen Trip durch die Welt der Autorinnen. Danke für unsere Freundschaft, die so unerwartet kam. Ohne dich wüsste ich so vieles noch immer nicht.

Danke, *Josie und Anika.* Fürs Testlesen, für euer Feedback und eure Begeisterung für meine Geschichte. Für euren Support innerhalb und außerhalb der Buchbubble.

Danke an *alle*, die ich hier nicht namentlich erwähnt habe, die aber trotzdem so viel zu diesem Buch und meiner persönlichen Entwicklung beigetragen haben! Die Bookcommunity ist der Hammer! Wir sehen uns zwischen den Seiten.

Danke an *Dich*. Danke, dass du dieses Buch gelesen hast, dass du dich mit Solveigh durch den Wald und mit Yorick in ihr Herz gekämpft hast. Wenn dir das Lesen so viel Spaß gemacht hat wie mir das Schreiben, dann lass es mich gerne in einer Rezension wissen. Ich würde mich sehr darüber freuen.

Tack så myket och ha det bra alihoppa.

Eure Emilia

Glossar

Björnen – wörtlich: der Bär; hier: Kosename als Wortspiel mit dem Namen Björn

Bokhandel – Buchhandel

Brunsås – typische braune Soße, wird zu Köttbullar gegessen

Fan – Scheiße

Fika – schwedische Kaffeerunde

God Jul – Frohe Weihnachten

God Morgon – Guten Morgen

God nytt år – Frohes neues Jahr

Gumman – Liebes, Kosewort

Hejhej/Hej – Hallo

Helheim – Reich der Totengötting Hel in der nordischen Mythologie

Jul Tomte – Weihnachtswichtel

Julbord – Weihnachtsbüffet

Julskinka – Weihnachtsschinken

Kanelbullar – Zimtschnecken; Mehrzahl von Kanelbulle

Köksoffa – Küchensofa oder Küchenbank

Köttbullar – Fleischbällchen

Kräftskiva – Krebsfest (findet im August statt)

Lillebror – Kleiner Bruder

Lussekatter – Luciagebäck; Hefebrötchen mit Safran

Midsommar – Mittsommer

Min Sol – meine Sonne; Kosename als Wortspiel mit dem Namen Solveigh

Naströnd – die Hölle Helheims

Pepparkakor – Pfefferkuchen

Prinsesstårta – Prinzessinnentorte

Räcksmörgås – Krabbenbrot

Smörgås – Butterbrot, belegtes Brot

Solen – wörtlich: die Sonne; hier: Kosename als Wortspiel mit dem Namen Solveigh

Storasyster – große Schwester

Stuga – Ferienhaus, Sommerhaus, Häuschen

Stuvning – sämiger Eintopf

Tack – Danke

EMILIA AXELSSON

1985 in Württemberg geboren, lebt die Autorin inzwischen mit ihrem Mann und den beiden Söhnen im schönen Oberfranken. Die Welt der Buchstaben und Wörter übt schon seit Kindertagen eine magische Anziehungskraft auf sie aus. 2014 begann sie damit, unter dem Pseudonym Emilia Axelsson ihren ersten Roman zu schreiben, als ein besonderes Geburtstagsgeschenk.

Ein Roman führte zum nächsten, ein Wort zu vielen und so arbeitet sie inzwischen, neben ihrer Tätigkeit als Sprachlehrerin, als Autorin. Wobei ihr nicht nur das Studium der Englischen Literaturwissenschaft, sondern vor Allem ihr Alltag als Mutter und ihre vielen Aufenthalte im schwedischen Småland als unerschöpfliche Inspirationsquelle dienen.

Wenn ihr die Ideen doch mal ausgehen oder sie neue Schauplätze sucht, reist sie am liebsten genau dorthin, wo ihre Romane spielen: nach Schweden. Immer mit im Gepäck: Stift und Papier.

Mehr Infos über Emilia Axelsson gibt es hier:
Instagram: @emiliaaxelsson_autorin
www.emiliaaxelsson.de

BUCHEMPFEHLUNG

Winterrose
von Kim Leopold

Es fühlt sich an, als hätte ich ihm ein Versprechen gegeben. Eins von der Art, die man nicht bricht, selbst dann nicht, wenn alle Stricke reißen und uns nur noch diese Melodie bleibt, die uns miteinander verbindet.

Manche Fehler macht man besser nur einmal ...

Als Rose nach zwei Jahren unerwartet wieder auf ihre Affäre Jérôme trifft, reißt es ihr den Boden unter den Füßen weg. Denn Camilles Bruder ist immer noch verdammt heiß, und sein grüblerischer Blick lässt ihr Herz immer noch schneller schlagen – und doch ist er immer noch ein großer Fehler. Heute mehr denn je, immerhin hat er ein Menschenleben auf Gewissen.

Bei einem Winterurlaub mit den Freunden schneidet ein Blizzard Rose und Jérôme von der Außenwelt ab und zwingt sie, sich mit der Vergangenheit auseinanderzusetzen. Doch Rose weiß genau: Wenn ihre Dämonen auf seine treffen, entbrennt ein Inferno ... und es könnte sie beide verschlingen.

BUCHEMPFEHLUNG

Let me Glow
von Francis Eden

Eine junge Frau auf der Suche nach ihrem Mut,

ein Mann, der seine Vergangenheit hinter sich lassen will,

und eine Kleinstadt, die nie vergisst.

Band 1 der New Adult Feelgood-Reihe

Nach ihrer Trennung lässt Andy nicht nur Atlanta, sondern auch ihren Ex-Freund hinter sich, um in der Kleinstadt Hartwell eine alte Pension zu sanieren. Ohne handwerkliches Geschick, lediglich mit ein paar Dollar und einem Haufen nutzloser Designerkleider macht sie sich auf den Weg. Was nach Urlaub mit ein paar kleinen Aufräumarbeiten klang, entpuppt sich als Totalkatastrophe. Ein Drache als Pensionsleiterin und Schulden bei einem Tyrannen, zu dem Andy sich immer mehr hingezogen fühlt. Dazu noch diese Kleinstadt, die völlig in Aufruhr gerät, wenn Ian James Green eine Frau küsst.

Alles Dinge, die ein frisch gebrochenes Herz nicht gebrauchen kann – oder doch?